Freud
Warum Krieg?

Sigmund Freud

Zeitgemäßes über Krieg und Tod

Warum Krieg?

Der Briefwechsel mit Albert Einstein

Herausgegeben von
Hans-Martin Lohmann

Philipp Reclam jun. Stuttgart

RECLAMS UNIVERSAL-BIBLIOTHEK Nr. 18924

Gesamtherstellung: Reclam, Ditzingen. Printed in Germany 2012

ISBN 978-3-15-018924-5

www.reclam.de

Sigmund Freud

Zeitgemäßes über Krieg und Tod

In: *Imago* (1915)

I. Die Enttäuschung des Krieges

Von dem Wirbel dieser Kriegszeit gepackt, einseitig unterrichtet, ohne Distanz von den großen Veränderungen, die sich bereits vollzogen haben oder zu vollziehen beginnen, und ohne Witterung der sich gestaltenden Zukunft, werden wir selbst irre an der Bedeutung der Eindrücke, die sich uns aufdrängen, und an dem Wert der Urteile, die wir bilden. Es will uns scheinen, als hätte noch niemals ein Ereignis soviel kostbares Gemeingut der Menschheit zerstört, soviele der klarsten Intelligenzen verwirrt, so gründlich das Hohe erniedrigt. Selbst die Wissenschaft hat ihre leidenschaftslose Unparteilichkeit verloren, ihre aufs tiefste erbitterten Diener suchen ihr Waffen zu entnehmen, um einen Beitrag zur Bekämpfung des Feindes zu leisten. Der Anthropologe muß den Gegner für minderwertig und degeneriert erklären, der Psychiater die Diagnose seiner Geistes- oder Seelenstörung verkünden. Aber wahrscheinlich empfinden wir das Böse dieser Zeit unmäßig stark und haben kein Recht, es mit dem Bösen anderer Zeiten zu vergleichen, die wir nicht erlebt haben.

Der Einzelne, der nicht selbst ein Kämpfer und somit ein Partikelchen der riesigen Kriegsmaschinerie geworden ist, fühlt sich in seiner Orientierung verwirrt und in seiner Leistungsfähigkeit gehemmt. Ich meine, ihm wird jeder kleine Wink willkommen sein, der es ihm erleichtert, sich wenigstens in seinem eigenen Innern zurechtzufinden. Unter den Momenten, welche das seelische Elend der Daheimgebliebenen verschuldet haben, und deren Bewältigung ihnen so schwierige Aufgaben stellt, möchte ich zwei hervorheben und an dieser Stelle behandeln: Die Enttäuschung, die dieser Krieg hervorgerufen hat, und die veränderte Einstellung zum Tode, zu der er uns – wie alle anderen Kriege – nötigt.

Wenn ich von Enttäuschung rede, weiß jedermann sofort, was damit gemeint ist. Man braucht kein Mitleidsschwärmer zu sein, man kann die biologische und psychologische Notwendigkeit des Leidens für die Ökonomie des Menschenlebens einsehen und darf doch den Krieg in seinen Mitteln und Zielen verurteilen und das Aufhören der Kriege herbeisehnen. Man sagte sich zwar, die Kriege könnten nicht aufhören, so lange die Völker unter so verschiedenartigen Existenzbedingungen leben, so lange die Wertungen des Einzellebens bei ihnen weit auseinandergehen, und so lange die Gehässigkeiten, welche sie trennen, so starke seelische Triebkräfte repräsentieren. Man war also darauf vorbereitet, daß Kriege zwischen den primitiven und den zivilisierten Völkern, zwischen den Menschenrassen, die durch die Hautfarbe voneinander geschieden werden, ja Kriege mit und unter den wenig entwickelten oder verwilderten Völkerindividuen Europas die Menschheit noch durch geraume Zeit in Anspruch nehmen werden. Aber man getraute sich etwas anderes zu hoffen. Von den großen weltbeherrschenden Nationen weißer Rasse, denen die Führung des Menschengeschlechtes zugefallen ist, die man mit der Pflege weltumspannender Interessen beschäftigt wußte, deren Schöpfungen die technischen Fortschritte in der Beherrschung der Natur wie die künstlerischen und wissenschaftlichen Kulturwerte sind, von diesen Völkern hatte man erwartet, daß sie es verstehen würden, Mißhelligkeiten und Interessenkonflikte auf anderem Wege zum Austrag zu bringen. Innerhalb jeder dieser Nationen waren hohe sittliche Normen für den Einzelnen aufgestellt worden, nach denen er seine Lebensführung einzurichten hatte, wenn er an der Kulturgemeinschaft teilnehmen wollte. Diese oft überstrengen Vorschriften forderten viel von ihm, eine ausgiebige Selbstbeschränkung, einen weitgehenden Verzicht auf Triebbefriedigung. Es war ihm vor allem versagt, sich der außerordentlichen Vorteile zu bedienen, die der Gebrauch von Lüge und Betrug im Wettkampf mit den Nebenmenschen schafft. Der Kulturstaat hielt diese sittlichen Normen für die Grundlage seines Bestandes, er schritt ernsthaft ein, wenn man sie anzutasten wagte, erklärte es oft für untunlich, sie auch nur einer Prüfung durch den kritischen Verstand zu unterziehen. Es war also anzunehmen, daß er sie selbst respektieren wolle und nichts gegen sie zu unternehmen gedenke, wodurch er der Begründung seiner eigenen Existenz widersprochen hätte. Endlich konnte man zwar die Wahrnehmung machen, daß es innerhalb dieser Kulturnationen gewisse eingesprengte Völkerreste gäbe, die ganz allgemein unliebsam wären und darum nur widerwillig, auch nicht im vollen Umfange, zur Teilnahme an der gemeinsamen Kulturarbeit zugelassen würden, für die sie sich als genug geeignet erwiesen hatten. Aber die großen Völker selbst, konnte man meinen, hätten soviel Verständnis für ihre Gemeinsamkeiten und soviel Toleranz für ihre Verschiedenheiten erworben, daß »fremd« und »feindlich« nicht mehr wie noch im klassischen Altertum für sie zu einem Begriff verschmelzen durften.

Vertrauend auf diese Einigung der Kulturvölker haben ungezählte Menschen ihren Wohnort in der Heimat gegen den Aufenthalt in der Fremde eingetauscht und ihre Existenz an die Verkehrsbeziehungen zwischen den befreundeten Völkern geknüpft. Wen aber die Not des Lebens nicht ständig an die nämliche Stelle bannte, der konnte sich aus allen Vorzügen und Reizen der Kulturländer ein neues größeres Vaterland zusammensetzen, in dem er sich ungehemmt und unverdächtigt erging. Er genoß so das blaue und das graue Meer, die Schönheit der Schneeberge und die der grünen Wiesenflächen, den Zauber des nordischen Waldes und die Pracht der südlichen Vegetation, die Stimmung der Landschaften, auf denen große historische Erinnerungen ruhen, und die Stille der unberührten Natur. Dies neue Vaterland war für ihn auch ein Museum, erfüllt mit allen Schätzen, welche die Künstler der Kulturmenschheit seit vielen Jahrhunderten geschaffen und hinterlassen hatten. Während er von einem Saal dieses Museums in einen anderen wanderte, konnte er in parteiloser Anerkennung feststellen, was für verschiedene Typen von Vollkommenheit Blutmischung, Geschichte und die Eigenart der Mutter Erde an seinen weiteren Kompatrioten ausgebildet hatten. Hier war die kühle unbeugsame Energie aufs höchste entwickelt, dort die graziöse Kunst, das Leben zu verschönern, anderswo der Sinn für Ordnung und Gesetz oder andere der Eigenschaften, die den Menschen zum Herrn der Erde gemacht haben.

Vergessen wir auch nicht daran, daß jeder Kulturweltbürger sich einen besonderen »Parnaß« und eine »Schule von Athen« geschaffen hatte. Unter den großen Denkern, Dichtern, Künstlern aller Nationen, hatte er die ausgewählt, denen er das Beste zu schulden vermeinte, was ihm an Lebensgenuß und Lebensverständnis zugänglich geworden war, und sie den unsterblichen Alten in seiner Verehrung zugesellt wie den vertrauten Meistern seiner eigenen Zunge. Keiner von diesen Großen war ihm darum fremd erschienen, weil er in anderer Sprache geredet hatte, weder der unvergleichliche Ergründer der menschlichen Leidenschaften, noch der schönheitstrunkene Schwärmer oder der gewaltig drohende Prophet, der feinsinnige Spötter, und niemals warf er sich dabei vor, abtrünnig geworden zu sein der eigenen Nation und der geliebten Muttersprache.

Der Genuß der Kulturgemeinschaft wurde gelegentlich durch Stimmen gestört, welche warnten, daß infolge altüberkommener Differenzen Kriege auch unter den Mitgliedern derselben unvermeidlich wären. Man wollte nicht daran glauben, aber wie stellte man sich einen solchen Krieg vor, wenn es dazu kommen sollte? Als eine Gelegenheit die Fortschritte im Gemeingefühl der Menschen aufzuzeigen seit jener Zeit, da die griechischen Amphiktyonien verboten hatten, eine dem Bündnis angehörige Stadt zu zerstören, ihre Ölbäume umzuhauen und ihr das Wasser abzuschneiden. Als einen ritterlichen Waffengang, der sich darauf beschränken wollte, die Überlegenheit des einen Teils festzustellen, unter möglichster Vermeidung schwerer Leiden, die zu dieser Entscheidung nichts beitragen könnten, mit voller Schonung für den Verwundeten, der aus dem Kampf ausscheiden muß, und für den Arzt und Pfleger, der sich seiner Herstellung widmet. Natürlich mit allen

Rücksichten für den nicht kriegführenden Teil der Bevölkerung, für die Frauen, die dem Kriegshandwerk ferne bleiben, und für die Kinder, die, herangewachsen, einander von beiden Seiten Freunde und Mithelfer werden sollen. Auch mit Erhaltung all der internationalen Unternehmungen und Institutionen, in denen sich die Kulturgemeinschaft der Friedenszeit verkörpert hatte.

Ein solcher Krieg hätte immer noch genug des Schrecklichen und schwer zu Ertragenden enthalten, aber er hätte die Entwicklung ethischer Beziehungen zwischen den Großindividuen der Menschheit, den Völkern und Staaten, nicht unterbrochen.

Der Krieg, an den wir nicht glauben wollten, brach nun aus und er brachte die – Enttäuschung. Er ist nicht nur blutiger und verlustreicher als einer der Kriege vorher, infolge der mächtig vervollkommneten Waffen des Angriffs und der Verteidigung, sondern mindestens ebenso grausam, erbittert, schonungslos wie irgend ein früherer. Er setzt sich über alle Einschränkungen hinaus, zu denen man sich in friedlichen Zeiten verpflichtet, die man das Völkerrecht genannt hatte, anerkennt nicht die Vorrechte des Verwundeten und des Arztes, die Unterscheidung des friedlichen und des kämpfenden Teils der Bevölkerung, die Ansprüche des Privateigentums. Er wirft nieder, was ihm im Wege steht, in blinder Wut, als sollte es keine Zukunft und keinen Frieden unter den Menschen nach ihm geben. Er zerreißt alle Bande der Gemeinschaft unter den miteinander ringenden Völkern und droht eine Erbitterung zu hinterlassen, welche eine Wiederanknüpfung derselben für lange Zeit unmöglich machen wird.

Er brachte auch das kaum begreifliche Phänomen

zum Vorschein, daß die Kulturvölker einander so wenig kennen und verstehen, daß sich das eine mit Haß und Abscheu gegen das andere wenden kann. Ja daß eine der großen Kulturnationen so allgemein mißliebig ist, daß der Versuch gewagt werden kann, sie als »barbarisch« von der Kulturgemeinschaft auszuschließen, obwohl sie ihre Eignung durch die großartigsten Beitragsleistungen längst erwiesen hat. Wir leben der Hoffnung, eine unparteiische Geschichtsschreibung werde den Nachweis erbringen, daß gerade diese Nation, die, in deren Sprache wir schreiben, für deren Sieg unsere Lieben kämpfen, sich am wenigsten gegen die Gesetze der menschlichen Gesittung vergangen habe, aber wer darf in solcher Zeit als Richter auftreten in eigener Sache?

Völker werden ungefähr durch die Staaten, die sie bilden, repräsentiert, diese Staaten durch die Regierungen, die sie leiten. Der einzelne Volksangehörige kann in diesem Krieg mit Schreck feststellen, was sich ihm gelegentlich schon in Friedenszeiten aufdrängen wollte, daß der Staat dem Einzelnen den Gebrauch des Unrechts untersagt hat, nicht weil er es abschaffen, sondern weil er es monopolisieren will wie Salz und Tabak. Der kriegführende Staat gibt sich jedes Unrecht, jede Gewalttätigkeit frei, die den Einzelnen entehren würde. Er bedient sich nicht nur der erlaubten List, sondern auch der bewußten Lüge und des absichtlichen Betruges gegen den Feind, und dies zwar in einem Maße, welches das in früheren Kriegen Gebräuchliche zu übersteigen scheint. Der Staat fordert das Äußerste an Gehorsam und Aufopferung von seinen Bürgern, entmündigt sie aber dabei durch ein Übermaß von Verheimlichung und eine Zensur der Mitteilung und Meinungsäußerung, welche die Stimmung der so intellektuell Unterdrückten wehrlos macht gegen jede ungünstige Situation und jedes wüste Gerücht. Er löst sich los von Zusicherungen und Verträgen, durch die er sich gegen andere Staaten gebunden hatte, bekennt sich ungescheut zu seiner Habgier und seinem Machtstreben, die dann der Einzelne aus Patriotismus gutheißen soll.

Man wende nicht ein, daß der Staat auf den Gebrauch des Unrechts nicht verzichten kann, weil er sich dadurch in Nachteil setzte. Auch für den Einzelnen ist die Befolgung der sittlichen Normen, der Verzicht auf brutale Machtbetätigung in der Regel sehr unvorteilhaft, und der Staat zeigt sich nur selten dazu fähig, den Einzelnen für das Opfer zu entschädigen, das er von ihm gefordert hat. Man darf sich auch nicht darüber verwundern, daß die Lockerung aller sittlichen Beziehungen zwischen den Großindividuen der Menschheit eine Rückwirkung auf die Sittlichkeit der Einzelnen geäußert hat, denn unser Gewissen ist nicht der unbeugsame Richter, für den die Ethiker es ausgeben, es ist in seinem Ursprunge »soziale Angst« und nichts anderes. Wo die Gemeinschaft den Vorwurf aufhebt, hört auch die Unterdrückung der bösen Gelüste auf, und die Menschen begehen Taten von Grausamkeit, Tücke, Verrat und Roheit, deren Möglichkeit man mit ihrem kulturellen Niveau für unvereinbar gehalten hätte.

So mag der Kulturweltbürger, den ich vorhin eingeführt habe, ratlos dastehen in der ihm fremd gewordenen Welt, sein großes Vaterland zerfallen, die gemeinsamen Besitztümer verwüstet, die Mitbürger entzweit und erniedrigt!

Zur Kritik seiner Enttäuschung wäre einiges zu bemerken. Sie ist, strenge genommen, nicht berechtigt, denn sie besteht in der Zerstörung einer Illusion. Illusionen empfehlen sich uns dadurch, daß sie Unlustgefühle ersparen und uns an ihrer Statt Befriedigungen genießen lassen. Wir müssen es dann ohne Klage hinnehmen, daß sie irgend einmal mit einem Stück der Wirklichkeit zusammenstoßen, an dem sie zerschellen.

Zweierlei in diesem Kriege hat unsere Enttäuschung rege gemacht: die geringe Sittlichkeit der Staaten nach außen, die sich nach innen als die Wächter der sittlichen Normen gebärden, und die Brutalität im Benehmen der Einzelnen, denen man als Teilnehmer an der höchsten menschlichen Kultur ähnliches nicht zugetraut hat.

Beginnen wir mit dem zweiten Punkt und versuchen wir es, die Anschauung, die wir kritisieren wollen, in einen einzigen knappen Satz zu fassen. Wie stellt man sich denn eigentlich den Vorgang vor, durch welchen ein einzelner Mensch zu einer höheren Stufe von Sittlichkeit gelangt? Die erste Antwort wird wohl lauten: Er ist eben von Geburt und von Anfang an gut und edel. Sie soll hier weiter nicht berücksichtigt werden. Eine zweite Antwort wird auf die Anregung eingehen, daß hier ein Entwicklungsvorgang vorliegen müsse, und wird wohl annehmen, diese Entwicklung bestehe darin, daß die bösen Neigungen des Menschen in ihm ausgerottet und unter dem Einfluß von Erziehung und Kulturumgebung durch Neigungen zum Guten ersetzt werden. Dann darf man sich allerdings verwundern, daß bei dem so Erzogenen das Böse wieder so tatkräftig zum Vorschein kommt.

Aber diese Antwort enthält auch den Satz, dem wir

widersprechen wollen. In Wirklichkeit gibt es keine »Ausrottung« des Bösen. Die psychologische – im strengeren Sinne die psychoanalytische – Untersuchung zeigt vielmehr, daß das tiefste Wesen des Menschen in Triebregungen besteht, die elementarer Natur, bei allen Menschen gleichartig sind und auf die Befriedigung gewisser ursprünglicher Bedürfnisse zielen. Diese Triebregungen sind an sich weder gut noch böse. Wir klassifizieren sie und ihre Äußerungen in solcher Weise je nach ihrer Beziehung zu den Bedürfnissen und Anforderungen der menschlichen Gemeinschaft. Zuzugeben ist, daß alle die Regungen, welche von der Gesellschaft als böse verpönt werden – nehmen wir als Vertretung derselben die eigensüchtigen und die grausamen – sich unter diesen primitiven befinden.

Diese primitiven Regungen legen einen langen Entwicklungsweg zurück, bis sie zur Betätigung beim Erwachsenen zugelassen werden. Sie werden gehemmt, auf andere Ziele und Gebiete gelenkt, gehen Verschmelzungen miteinander ein, wechseln ihre Objekte, wenden sich zum Teil gegen die eigene Person. Reaktionsbildungen gegen gewisse Triebe täuschen die inhaltliche Verwandlung derselben vor, als ob aus Egoismus – Altruismus, aus Grausamkeit – Mitleid geworden wäre. Diesen Reaktionsbildungen kommt zugute, daß manche Triebregungen fast von Anfang an in Gegensatzpaaren auftreten, ein sehr merkwürdiges und der populären Kenntnis fremdes Verhältnis, das man die »Gefühlsambivalenz« benannt hat. Am leichtesten zu beobachten und vom Verständnis zu bewältigen ist die Tatsache, daß starkes Lieben und starkes Hassen so häufig miteinander bei derselben Person vereint vorkommen. Die Psychoanalyse fügt dem hinzu, daß die beiden entgegengesetzten Gefühlsregungen nicht selten auch die nämliche Person zum Objekt nehmen.

Erst nach Überwindung all solcher »Triebschicksale« stellt sich das heraus, was man den Charakter eines Menschen nennt, und was mit »gut« oder »böse« bekanntlich nur sehr unzureichend klassifiziert werden kann. Der Mensch ist selten im ganzen gut oder böse, meist »gut« in dieser Relation, böse in einer anderen oder »gut« unter solchen äußeren Bedingungen, unter anderen entschieden »böse«. Interessant ist die Erfahrung, daß die kindliche Präexistenz starker »böser« Regungen oft geradezu die Bedingung wird für eine besonders deutliche Wendung des Erwachsenen zum »Guten«. Die stärksten kindlichen Egoisten können die hilfreichsten und aufopferungsfähigsten Bürger werden; die meisten Mitleidschwärmer, Menschenfreunde, Tierschützer haben sich aus kleinen Sadisten und Tierquälern entwickelt.

Die Umbildung der »bösen« Triebe ist das Werk zweier im gleichen Sinne wirkenden Faktoren, eines inneren und eines äußeren. Der innere Faktor besteht in der Beeinflussung der bösen – sagen wir: eigensüchtigen – Triebe durch die Erotik, das Liebesbedürfnis des Menschen im weitesten Sinne genommen. Durch die Zumischung der erotischen Komponenten werden die eigensüchtigen Triebe in soziale umgewandelt. Man lernt das Geliebtwerden als einen Vorteil schätzen, wegen dessen man auf andere Vorteile verzichten darf. Der äußere Faktor ist der Zwang der Erziehung, welche die Ansprüche der kulturellen Umgebung vertritt, und die dann durch die direkte Einwirkung des Kulturmilieus fortgesetzt wird. Kultur ist durch Verzicht auf Triebbefriedigung gewonnen worden und fordert von jedem neu Ankommenden, daß er denselben Triebverzicht leiste. Während des individuellen Lebens findet eine beständige Umsetzung von äußerem Zwang in inneren Zwang statt. Die Kultureinflüsse leiten dazu an, daß immer mehr von den eigensüchtigen Strebungen durch erotische Zusätze in altruistische, soziale verwandelt werden. Man darf endlich annehmen, daß aller innere Zwang, der sich in der Entwicklung des Menschen geltend macht, ursprünglich, d.h. in der Menschheitsgeschichte nur äußerer Zwang war. Die Menschen, die heute geboren werden, bringen ein Stück Neigung (Disposition) zur Umwandlung der egoistischen in soziale Triebe als ererbte Organisation mit, die auf leichte Anstöße hin diese Umwandlung durchführt. Ein anderes Stück dieser Triebumwandlung muß im Leben selbst geleistet werden. In solcher Art steht der einzelne Mensch nicht nur unter der Einwirkung seines gegenwärtigen Kulturmilieus, sondern unterliegt auch dem Einflusse der Kulturgeschichte seiner Vorfahren.

Heißen wir die einem Menschen zukommende Fähigkeit zur Umbildung der egoistischen Triebe unter dem Einfluß der Erotik seine Kultureignung, so können wir aussagen, daß dieselbe aus zwei Anteilen besteht, einem angeborenen und einem im Leben erworbenen, und daß das Verhältnis der beiden zueinander und zu dem unverwandelt gebliebenen Anteil des Trieblebens ein sehr variables ist.

Im allgemeinen sind wir geneigt, den angeborenen Anteil zu hoch zu veranschlagen, und überdies laufen wir Gefahr, die gesamte Kultureignung in ihrem Verhältnis zum primitiv gebliebenen Triebleben zu überschätzen, d.h. wir werden dazu verleitet, die Menschen »besser« zu beurteilen, als sie in Wirklichkeit sind. Es besteht nämlich noch ein anderes Moment, welches unser Urteil trübt und das Ergebnis im günstigen Sinne verfälscht.

Die Triebregungen eines anderen Menschen sind unserer Wahrnehmung natürlich entrückt. Wir schließen auf sie aus seinen Handlungen und seinem Benehmen, welche wir auf Motive aus seinem Triebleben zurückführen. Ein solcher Schluß geht notwendigerweise in einer Anzahl von Fällen irre. Die nämlichen, kulturell »guten« Handlungen können das einemal von »edlen« Motiven herstammen, das anderemal nicht. Die theoretischen Ethiker heißen nur solche Handlungen »gut«, welche der Ausdruck guter Triebregungen sind, dem anderen versagen sie ihre Anerkennung. Die von praktischen Absichten geleitete Gesellschaft kümmert sich aber im ganzen um diese Unterscheidung nicht; sie begnügt sich damit, daß ein Mensch sein Benehmen und seine Handlungen nach den kulturellen Vorschriften richte, und fragt wenig nach seinen Motiven.

Wir haben gehört, daß der äußere Zwang, den Erziehung und Umgebung auf den Menschen üben, eine weitere Umbildung seines Trieblebens zum Guten, eine Wendung vom Egoismus zum Altruismus herbeiführt. Aber dies ist nicht die notwendige oder regelmäßige Wirkung des äußeren Zwanges. Erziehung und Umgebung haben nicht nur Liebesprämien anzubieten, sondern arbeiten auch mit Vorteilsprämien anderer Art, mit Lohn und Strafen. Sie können also die Wirkung äußern, daß der ihrem Einfluß Unterliegende sich zum guten Handeln im kulturellen Sinne entschließt, ohne daß sich eine Triebveredlung, eine Umsetzung egoistischer in soziale Neigungen, in ihm vollzogen hat. Der Erfolg wird im groben derselbe sein; erst unter besonderen Verhältnissen wird es sich zeigen, daß der eine immer gut handelt, weil ihn seine Triebneigungen dazu nötigen, der andere nur gut ist, weil, insolange und insoweit dies kulturelle Verhalten seinen eigensüchtigen Absichten Vorteile bringt. Wir aber werden bei oberflächlicher Bekanntschaft mit den Einzelnen kein Mittel haben, die beiden Fälle zu unterscheiden, und gewiß durch unseren Optimismus verführt werden, die Anzahl der kulturell veränderten Menschen arg zu überschätzen.

Die Kulturgesellschaft, die die gute Handlung fordert und sich um die Triebbegründung derselben nicht kümmert, hat also eine große Zahl von Menschen zum Kulturgehorsam gewonnen, die dabei nicht ihrer Natur folgen. Durch diesen Erfolg ermutigt, hat sie sich verleiten lassen, die sittlichen Anforderungen möglichst hoch zu spannen und so ihre Teilnehmer zu noch weiterer Entfernung von ihrer Triebveranlagung gezwungen. Diesen ist nun eine fortgesetzte Triebunterdrückung auferlegt, deren Spannung sich in den merkwürdigsten Reaktions- und Kompensationserscheinungen kundgibt. Auf dem Gebiete der Sexualität, wo solche Unterdrückung am wenigsten durchzuführen ist, kommt es so zu den Reaktionserscheinungen der neurotischen Erkrankungen. Der sonstige Druck der Kultur zeitigt zwar keine pathologische Folgen, äußert sich aber in Charakterverbildungen und in der steten Bereitschaft der gehemmten Triebe, bei passender Gelegenheit zur Befriedigung durchzubrechen. Wer so genötigt wird, dauernd im Sinne von Vorschriften zu reagieren, die nicht der Ausdruck seiner Triebneigungen sind, der lebt, psychologisch verstanden, über seine Mittel und darf objektiv als Heuchler bezeichnet werden, gleichgiltig ob ihm diese Differenz klar bewußt worden ist oder nicht. Es ist unleugbar, daß unsere gegenwärtige Kultur die Ausbildung dieser Art von Heuchelei in außerordentlichem Umfange begünstigt. Man könnte die Behauptung wagen, sie sei auf solcher Heuchelei aufgebaut und müßte sich tiefgreifende Abänderungen gefallen lassen, wenn es die Menschen unternehmen würden, der psychologischen Wahrheit nachzuleben. Es gibt also ungleich mehr Kulturheuchler als wirklich kulturelle Menschen, ja man kann den Standpunkt diskutieren, ob ein gewisses Maß von Kulturheuchelei nicht zur Aufrechthaltung der Kultur unerläßlich sei, weil die bereits organisierte Kultureignung der heute lebenden Menschen vielleicht für diese Leistung nicht zureichen würde. Anderseits bietet die Aufrechthaltung der Kultur auch auf so bedenklicher Grundlage die Aussicht, bei jeder neuen Generation eine weitergehende Triebumbildung als Trägerin einer besseren Kultur anzubahnen.

Den bisherigen Erörterungen entnehmen wir bereits den einen Trost, daß unsere Kränkung und schmerzliche Enttäuschung wegen des unkulturellen Benehmens unserer Weltmitbürger in diesem Kriege unberechtigt waren. Sie beruhten auf einer Illusion, der wir uns gefangen gaben. In Wirklichkeit sind sie nicht so tief gesunken, wie wir fürchten, weil sie gar nicht so hoch gestiegen waren, wie wirs von ihnen glaubten. Daß die menschlichen Großindividuen, die Völker und Staaten, die sittlichen Beschränkungen gegeneinander fallen ließen, wurde ihnen zur begreiflichen Anregung, sich für eine Weile dem bestehenden Drucke der Kultur zu entziehen und ihren zurückgehaltenen Trieben vorübergehend Befriedigung zu gönnen. Dabei geschah ihrer relativen Sittlichkeit innerhalb des eigenen Volkstums wahrscheinlich kein Abbruch.

Wir können uns aber das Verständnis der Veränderung, die der Krieg an unseren früheren Kompatrioten zeigt, noch vertiefen und empfangen dabei eine Warnung, kein Unrecht an ihnen zu begehen. Seelische Entwicklungen besitzen nämlich eine Eigentümlichkeit, welche sich bei keinem anderen Entwicklungsvorgang mehr vorfindet. Wenn ein Dorf zur Stadt, ein Kind zum Mann heranwächst, so gehen dabei Dorf und Kind in Stadt und Mann unter. Nur die Erinnerung kann die alten Züge in das neue Bild einzeichnen, in Wirklichkeit sind die alten Materialien oder Formen beseitigt und durch neue ersetzt worden. Anders geht es bei einer seelischen Entwicklung zu. Man kann den nicht zu vergleichenden Sachverhalt nicht anders beschreiben als durch die Behauptung, daß jede frühere Entwicklungsstufe neben der späteren, die aus ihr geworden ist, erhalten bleibt; die Sukzession bedingt eine Koexistenz mit, obwohl es doch dieselben Materialien sind, an denen die ganze Reihenfolge von Veränderungen abgelaufen ist. Der frühere seelische Zustand mag sich jahrelang nicht geäußert haben, er bleibt doch soweit bestehen, daß er eines Tages wiederum die Äußerungsform der seelischen Kräfte werden kann, und zwar die einzige, als ob alle späteren Entwicklungen annulliert, rückgängig gemacht worden wären. Diese außerordentliche Plastizität der seelischen Entwicklungen ist in ihrer Richtung nicht unbeschränkt; man kann sie als eine besondere Fähigkeit zur Rückbildung – Regression – bezeichnen, denn es kommt wohl vor, daß eine spätere und höhere Entwicklungsstufe, die verlassen wurde, nicht wieder erreicht werden kann. Aber die primitiven Zustände können immer wieder hergestellt werden; das primitive Seelische ist im vollsten Sinne unvergänglich.

Die sogenannten Geisteskrankheiten müssen beim Laien den Eindruck hervorrufen, daß das Geistes- und Seelenleben der Zerstörung anheimgefallen sei. In Wirklichkeit betrifft die Zerstörung nur spätere Erwerbungen und Entwicklungen. Das Wesen der Geisteskrankheit besteht in der Rückkehr zu früheren Zuständen des Affektlebens und der Funktion. Ein ausgezeichnetes Beispiel für die Plastizität des Seelenlebens gibt der Schlafzustand, den wir allnächtlich anstreben. Seitdem wir auch tolle und verworrene Träume zu übersetzen verstehen, wissen wir, daß wir mit jedem Einschlafen unsere mühsam erworbene Sittlichkeit wie ein Gewand von uns werfen – um es am Morgen wieder anzutun. Diese Entblößung ist natürlich ungefährlich, weil wir durch den Schlafzustand gelähmt, zur Inaktivität verurteilt sind. Nur der Traum kann von der Regression unseres Gefühllebens auf eine der frühesten Entwicklungsstufen Kunde geben. So ist es z. B. bemerkenswert, daß alle unsere Träume von rein egoistischen Motiven beherrscht werden. Einer meiner englischen Freunde vertrat einmal diesen Satz vor einer wissenschaftlichen Versammlung in Amerika, worauf ihm eine anwesende Dame die Bemerkung machte, das möge vielleicht für Österreich richtig sein, aber sie dürfe von sich und ihren Freunden behaupten, daß sie auch noch im Traume altruistisch fühlen. Mein Freund, obwohl selbst ein Angehöriger der englischen Rasse, müßte auf Grund seiner eigenen Erfahrungen in der Traumanalyse der Dame energisch widersprechen: Im Traume sei auch die edle Amerikanerin ebenso egoistisch wie der Österreicher.

Es kann also auch die Triebumbildung, auf welcher unsere Kultureignung beruht, durch Einwirkungen des Lebens – dauernd oder zeitweilig – rückgängig gemacht werden. Ohne Zweifel gehören die Einflüsse des Krieges zu den Mächten, welche solche Rückbildung erzeugen können, und darum brauchen wir nicht allen jenen, die sich gegenwärtig unkulturell benehmen, die Kultureignung abzusprechen, und dürfen erwarten, daß sich ihre Triebveredlung in ruhigeren Zeiten wieder herstellen wird.

Vielleicht hat uns aber ein anderes Symptom bei unseren Weltmitbürgern nicht weniger überrascht und geschreckt als das so schmerzlich empfundene Herabsinken von ihrer ethischen Höhe. Ich meine die Einsichtslosigkeit, die sich bei den besten Köpfen zeigt, ihre Verstocktheit, Unzugänglichkeit gegen die eindringlichsten Argumente, ihre kritiklose Leichtgläubigkeit für die anfechtbarsten Behauptungen. Dies ergibt freilich ein trauriges Bild, und ich will ausdrücklich betonen, daß ich keineswegs als verblendeter Parteigänger alle intellektuelle Verfehlungen nur auf einer der beiden Seiten finde. Allein diese Erscheinung ist noch leichter zu erklären und weit weniger bedenklich als die vorhin gewürdigte. Menschenkenner und Philosophen haben uns längst belehrt, daß wir Unrecht daran tun, unsere Intelligenz als selbständige Macht zu schätzen und ihre Abhängigkeit vom Gefühlsleben zu übersehen. Unser Intellekt könne nur verläßlich arbeiten, wenn er den Einwirkungen starker Gefühlsregungen entrückt sei; im gegenteiligen Falle benehme er sich einfach wie ein Instrument zu Händen eines Willens und liefere das Resultat, das ihm von diesem aufgetragen sei. Logische Argumente seien also ohnmächtig gegen affektive Interessen, und darum sei das Streiten mit Gründen, die nach Falstaffs Wort so gemein sind wie Brombeeren, in der Welt der Interessen so unfruchtbar. Die psychoanalytische Erfahrung hat diese Behauptung womöglich noch unterstrichen. Sie kann alle Tage zeigen, daß sich die scharfsinnigsten Menschen plötzlich einsichtslos wie Schwachsinnige benehmen, sobald die verlangte Einsicht einem Gefühlswiderstand bei ihnen begegnet, aber auch alles Verständnis wieder erlangen, wenn dieser Widerstand überwunden ist. Die logische Verblendung, die dieser Krieg oft gerade bei den besten unserer Mitbürger hervorgezaubert hat, ist also ein sekundäres Phänomen, eine Folge der Gefühlserregung, und hoffentlich dazu bestimmt, mit ihr zu verschwinden.

Wenn wir solcher Art unsere uns entfremdeten Mitbürger wieder verstehen, werden wir die Enttäuschung, die uns die Großindividuen der Menschheit, die Völker, bereitet haben, um vieles leichter ertragen, denn an diese dürfen wir nur weit bescheidenere Ansprüche stellen. Dieselben wiederholen vielleicht die Entwicklung der Individuen und treten uns heute noch auf sehr primitiven Stufen der Organisation, der Bildung höherer Einheiten, entgegen. Dem entsprechend ist das erziehliche Moment des äußeren Zwanges zur Sittlichkeit, welches wir beim Einzelnen so wirksam fanden, bei ihnen noch kaum nachweisbar. Wir hatten zwar gehofft, daß die großartige, durch Verkehr und Produktion hergestellte Interessengemeinschaft den Anfang eines solchen Zwanges ergeben werde, allein es scheint, die Völker gehorchen ihren Leidenschaften derzeit weit mehr als ihren Interessen. Sie bedienen sich höchstens der Interessen, um die Leidenschaften zu rationalisieren; sie schieben ihre Interessen vor, um die Befriedigung ihrer Leidenschaften begründen zu können. Warum die Völkerindividuen einander eigentlich geringschätzen, hassen, verabscheuen, und zwar auch in Friedenszeiten, und jede Nation die andere, das ist freilich rätselhaft. Ich weiß es nicht zu sagen. Es ist in diesem Falle gerade so, als ob sich alle sittlichen Erwerbungen der Einzelnen auslöschten, wenn man eine Mehrheit oder gar Millionen Menschen zusammennimmt, und nur die primitivsten, ältesten und rohesten, seelischen Einstellungen übrig blieben. An diesen bedauerlichen Verhältnissen werden vielleicht erst späte Entwicklungen etwas ändern können. Aber etwas mehr Wahrhaftigkeit und Aufrichtigkeit allerseits, in den Beziehungen der Menschen zueinander und zwischen ihnen und den sie Regierenden dürfte auch für diese Umwandlung die Wege ebnen.

II. Unser Verhältnis zum Tode

Das zweite Moment, von dem ich es ableite, daß wir uns so befremdet fühlen in dieser einst so schönen und trauten Welt, ist die Störung des bisher von uns festgehaltenen Verhältnisses zum Tode.

Dies Verhältnis war kein aufrichtiges. Wenn man uns anhörte, so waren wir natürlich bereit zu vertreten, daß der Tod der notwendige Ausgang alles Lebens sei, daß jeder von uns der Natur einen Tod schulde und vorbereitet sein müsse, die Schuld zu bezahlen, kurz, daß der Tod natürlich sei, unableugbar und unvermeidlich. In Wirklichkeit pflegten wir uns aber zu benehmen, als ob es anders wäre. Wir haben die unverkennbare Tendenz gezeigt, den Tod beiseite zu schieben, ihn aus dem Leben zu eliminieren. Wir haben versucht, ihn totzuschweigen; wir besitzen ja auch das Sprichwort: man denke an etwas wie an den Tod. Wie an den eigenen natürlich. Der eigene Tod ist ja auch unvorstellbar, und so oft wir den Versuch dazu machen, können wir bemerken, daß wir eigentlich als Zuschauer weiter dabei bleiben. So konnte in der psychoanalytischen Schule der Ausspruch gewagt werden: Im Grunde glaube niemand an seinen eigenen Tod oder, was dasselbe ist: Im Unbewußten sei jeder von uns von seiner Unsterblichkeit überzeugt.

Was den Tod eines anderen betrifft, so wird der Kulturmensch es sorgfältig vermeiden, von dieser Möglichkeit zu sprechen, wenn der zum Tode Bestimmte es hören kann. Nur Kinder setzen sich über diese Beschränkung hinweg; sie drohen einander ungescheut mit den Chancen des Sterbens und bringen es auch zustande, einer geliebten Person dergleichen ins Gesicht zu sagen, wie z.B.: Liebe Mama, wenn du leider gestorben sein wirst, werde ich dies oder jenes. Der erwachsene Kultivierte wird den Tod eines anderen auch nicht gerne in seine Gedanken einsetzen, ohne sich hart oder böse zu erscheinen; es sei denn, daß er berufsmäßig als Arzt, Advokat u.dgl. mit dem Tode zu tun habe. Am wenigsten wird er sich gestatten, an den Tod des anderen zu denken, wenn mit diesem Ereignis ein Gewinn an Freiheit, Besitz, Stellung verbunden ist. Natürlich lassen sich Todesfälle durch dies unser Zartgefühl nicht zurückhalten; wenn sie sich ereignet haben, sind wir jedesmal tief ergriffen und wie in unseren Erwartungen erschüttert. Wir betonen regelmäßig die zufällige Veranlassung des Todes, den Unfall, die Erkrankung, die Infektion, das hohe Alter, und verraten so unser Bestreben, den Tod von einer Notwendigkeit zu einer Zufälligkeit herabzudrücken. Eine Häufung von Todesfällen erscheint uns als etwas überaus Schreckliches. Dem Verstorbenen selbst bringen wir ein besonderes Verhalten entgegen, fast wie eine Bewunderung für einen, der etwas sehr Schwieriges zustande gebracht hat. Wir stellen die Kritik gegen ihn ein, sehen ihm sein etwaiges Unrecht nach, geben den Befehl aus: De mortuis nil nisi bene, und finden es gerechtfertigt, daß man ihm in der Leichenrede und auf dem Grabstein das Vorteilhafteste nachrühmt. Die Rücksicht auf den Toten, deren er doch nicht mehr bedarf, steht uns über der Wahrheit, den meisten von uns gewiß auch über der Rücksicht für den Lebenden.

Diese kulturell-konventionelle Einstellung gegen den Tod ergänzt sich nun durch unseren völligen Zusammenbruch, wenn das Sterben eine der uns nahestehenden Personen, einen Eltern- oder Gattenteil, ein Geschwister, Kind oder teuren Freund getroffen hat. Wir begraben mit ihm unsere Hoffnungen, Ansprüche, Genüsse, lassen uns nicht trösten und weigern uns, den Verlorenen zu ersetzen. Wir benehmen uns dann wie eine Art von Asra, welche mitsterben, wenn die sterben, die sie lieben.

Dies unser Verhältnis zum Tode hat aber eine starke Wirkung auf unser Leben. Das Leben verarmt, es verliert an Interesse, wenn der höchste Einsatz in den Lebensspielen, eben das Leben selbst, nicht gewagt werden darf. Es wird so schal, gehaltlos wie etwa ein amerikanischer Flirt, bei dem es von vorneherein feststeht, daß nichts vorfallen darf, zum Unterschied von einer kontinentalen Liebesbeziehung, bei welcher beide Partner stets der ernsten Konsequenzen eingedenk bleiben müssen. Unsere Gefühlsbindungen, die unerträgliche Intensität unserer Trauer, machen uns abgeneigt, für uns und die unserigen Gefahren aufzusuchen. Wir getrauen uns nicht, eine Anzahl von Unternehmungen in Betracht zu ziehen, die gefährlich, aber eigentlich unerläßlich sind wie Flugversuche, Expeditionen in ferne Länder, Experimente mit explodierbaren Substanzen. Uns lähmt dabei das Bedenken, wer der Mutter den Sohn, der Gattin den Mann, den Kindern den Vater ersetzen soll, wenn ein Unglück geschieht. Die Neigung, den Tod aus der Lebensrechnung auszuschließen, hat so viele andere Verzichte und Ausschließungen im Gefolge. Und doch hat der Wahlspruch der Hansa gelautet: Navigare necesse est, vivere non necesse! (Seefahren muß man, leben muß man nicht.)

Es kann dann nicht anders kommen, als daß wir in der Welt der Fiktion, in der Literatur, im Theater Ersatz suchen für die Einbuße des Lebens. Dort finden wir noch Menschen, die zu sterben verstehen, ja die es auch zustande bringen, einen anderen zu töten. Dort allein erfüllt sich uns auch die Bedingung, unter welcher wir uns mit dem Tod versöhnen könnten, wenn wir nämlich hinter allen Wechselfällen des Lebens noch ein unantastbares Leben übrig behielten. Es ist doch zu traurig, daß es im Leben zugehen kann wie im Schachspiel, wo ein falscher Zug uns zwingen kann, die Partie verloren zu geben, mit dem Unterschied aber, daß wir keine zweite, keine Revanchepartie beginnen können. Auf dem Gebiete der Fiktion finden wir jene Mehrheit von Leben, deren wir bedürfen. Wir sterben in der Identifizierung mit dem einen Helden, überleben ihn aber doch und sind bereit, ebenso ungeschädigt ein zweites Mal mit einem anderen Helden zu sterben.

Es ist evident, daß der Krieg diese konventionelle Behandlung des Todes hinwegfegen muß. Der Tod läßt sich jetzt nicht mehr verleugnen; man muß an ihn glauben. Die Menschen sterben wirklich, auch nicht mehr einzeln, sondern viele, oft Zehntausende an einem Tag. Er ist auch kein Zufall mehr. Es scheint freilich noch zufällig, ob diese Kugel den einen trifft oder den andern; aber diesen anderen mag leicht eine zweite Kugel treffen, die Häufung macht dem Eindruck des Zufälligen ein Ende. Das Leben ist freilich wieder interessant geworden, es hat seinen vollen Inhalt wieder bekommen.

Man müßte hier eine Scheidung in zwei Gruppen vornehmen, diejenigen, die selbst im Kampf ihr Leben preisgeben, trennen von den anderen, die zu Hause geblieben sind und nur zu erwarten haben, einen ihrer Lieben an den Tod durch Verletzung, Krankheit oder Infektion zu verlieren. Es wäre gewiß sehr interessant, die Veränderungen in der Psychologie der Kämpfer zu studieren, aber ich weiß zu wenig darüber. Wir müssen uns an die zweite Gruppe halten, zu der wir selbst gehören. Ich sagte schon, daß ich meine, die Verwirrung und die Lähmung unserer Leistungsfähigkeit, unter denen wir leiden, seien wesentlich mitbestimmt durch den Umstand, daß wir unser bisheriges Verhältnis zum Tode nicht aufrecht halten können und ein neues noch nicht gefunden haben. Vielleicht hilft es uns dazu, wenn wir unsere psychologische Untersuchung auf zwei andere Beziehungen zum Tode richten, auf jene, die wir dem Urmenschen, dem Menschen der Vorzeit zuschreiben dürfen, und jene andere, die in jedem von uns noch erhalten ist, aber sich unsichtbar für unser Bewußtsein in tieferen Schichten unseres Seelenlebens verbirgt.

Wie sich der Mensch der Vorzeit gegen den Tod verhalten, wissen wir natürlich nur durch Rückschlüsse und Konstruktionen, aber ich meine, daß diese Mittel uns ziemlich vertrauenswürdige Auskünfte ergeben haben.

Der Urmensch hat sich in sehr merkwürdiger Weise zum Tode eingestellt. Gar nicht einheitlich, vielmehr recht widerspruchsvoll. Er hat einerseits den Tod ernst genommen, ihn als Aufhebung des Lebens anerkannt und sich seiner in diesem Sinne bedient, anderseits aber auch den Tod geleugnet, ihn zu nichts herabgedrückt. Dieser Widerspruch wurde durch den Umstand ermöglicht, daß er zum Tode des anderen, des Fremden, des Feindes eine radikal andere Stellung einnahm als zu seinem eigenen. Der Tod des anderen war ihm recht, galt ihm als Vernichtung des Verhaßten, und der Urmensch kannte kein Bedenken, ihn herbeizuführen. Er war gewiß ein sehr leidenschaftliches Wesen, grausamer und bösartiger als andere Tiere. Er mordete gerne und wie selbstverständlich. Den Instinkt, der andere Tiere davon abhalten soll, Wesen der gleichen Art zu töten und zu verzehren, brauchen wir ihm nicht zuzuschreiben.

Die Urgeschichte der Menschheit ist denn auch vom Morde erfüllt. Noch heute ist das, was unsere Kinder in der Schule als Weltgeschichte lernen, im wesentlichen eine Reihenfolge von Völkermorden. Das dunkle Schuldgefühl, unter dem die Menschheit seit Urzeiten steht, das sich in manchen Religionen zur Annahme einer Urschuld, einer Erbsünde, verdichtet hat, ist wahrscheinlich der Ausdruck einer Blutschuld, mit welcher sich die urzeitliche Menschheit beladen hat. Ich habe in meinem Buche »Totem und Tabu« (1913), den Winken von W. Robertson Smith, Atkinson und Ch. Darwin folgend, die Natur dieser alten Schuld erraten wollen, und meine, daß noch die heutige christliche Lehre uns den Rückschluß auf sie ermöglicht. Wenn Gottes Sohn sein Leben opfern mußte, um die Menschheit von der Erbsünde zu erlösen, so muß nach der Regel der Talion, der Vergeltung durch Gleiches, diese Sünde eine Tötung, ein Mord gewesen sein. Nur dies konnte zu seiner Sühne das Opfer eines Lebens erfordern. Und wenn die Erbsünde ein Verschulden gegen Gott-Vater war, so muß das älteste Verbrechen der Menschheit ein Vatermord gewesen sein, die Tötung des Urvaters der primitiven Menschenhorde, dessen Erinnerungsbild später zur Gottheit verklärt wurde[1].

Der eigene Tod war dem Urmenschen gewiß ebenso unvorstellbar und unwirklich, wie heute noch jedem von uns. Es ergab sich aber für ihn ein Fall, in dem die beiden gegensätzlichen Einstellungen zum Tode zusammenstießen und in Konflikt miteinander gerieten, und dieser Fall wurde sehr bedeutsam und reich an fernwirkenden Folgen. Er ereignete sich, wenn der Urmensch einen seiner Angehörigen sterben sah, sein Weib, sein Kind, seinen Freund, die er sicherlich ähnlich liebte wie wir die unseren, denn die Liebe kann nicht um vieles jünger sein als die Mordlust. Da mußte er in seinem Schmerz die Erfahrung machen, daß man auch selbst sterben könne, und sein ganzes Wesen empörte sich gegen dieses Zugeständnis; jeder dieser Lieben war ja doch ein Stück seines eigenen geliebten Ichs. Anderseits war ihm ein solcher Tod doch auch recht, denn in jeder der geliebten Personen stak auch ein Stück Fremdheit. Das Gesetz der Gefühlsambivalenz, das heute noch unsere Gefühlsbeziehungen zu den von uns geliebtesten Personen beherrscht, galt in Urzeiten gewiß noch uneingeschränkter. Somit waren diese geliebten Verstorbenen doch auch Fremde und Feinde gewesen, die einen Anteil von feindseligen Gefühlen bei ihm hervorgerufen hatten[2].

1 Vgl. diese Zeitschr. Bd. II 1913. (Die infantile Widerkehr des Totemismus.)

2 Siehe diese Zeitschr. Bd. I. 1912, Tabu und Ambivalenz. Und »Totem und Tabu«.

Die Philosophen haben behauptet, das intellektuelle Rätsel, welches das Bild des Todes dem Urmenschen aufgab, habe sein Nachdenken erzwungen und sei der Ausgang jeder Spekulation geworden. Ich glaube, die Philosophen denken da zu – philosophisch, nehmen zu wenig Rücksicht auf die primär wirksamen Motive. Ich möchte darum die obige Behauptung einschränken und korrigieren: an der Leiche des erschlagenen Feindes wird der Urmensch triumphiert haben, ohne einen Anlaß zu finden, sich den Kopf über die Rätsel des Lebens und des Todes zu zerbrechen. Nicht das intellektuelle Rätsel und nicht jeder Todesfall, sondern der Gefühlskonflikt beim Tode geliebter und dabei doch auch fremder und gehaßter Personen hat die Forschung der Menschen entbunden. Aus diesem Gefühlskonflikt wurde zunächst die Psychologie geboren. Der Mensch konnte den Tod nicht mehr von sich ferne halten, da er ihn in dem Schmerz um den Verstorbenen verkostet hatte, aber er wollte ihn doch nicht zugestehen, da er sich selbst nicht tot vorstellen konnte. So ließ er sich auf Kompromisse ein, gab den Tod auch für sich zu, bestritt ihm aber die Bedeutung der Lebensvernichtung, wofür ihm beim Tode des Feindes jedes Motiv gefehlt hatte. An der Leiche der geliebten Person ersann er die Geister, und sein Schuldbewußtsein ob der Befriedigung, die der Trauer beigemengt war, bewirkte, daß diese erstgeschaffenen Geister böse Dämonen wurden, vor denen man sich ängstigen mußte. Die Veränderungen des Todes legten ihm die Zerlegung des Individuums in einen Leib und in eine – ursprünglich mehrere – Seelen nahe; in solcher Weise ging sein Gedankengang dem Zersetzungsprozeß, den der Tod einleitet, parallel. Die fortdauernde Erinnerung an den Verstorbenen wurde die Grundlage der Annahme anderer Existenzformen, gab ihm die Idee eines Fortlebens nach dem anscheinenden Tode.

Diese späteren Existenzen waren anfänglich nur Anhängsel an die durch den Tod abgeschlossene, schattenhaft, inhaltsleer und bis in späte Zeiten hinauf geringgeschätzt; sie trugen noch den Charakter kümmerlicher Auskünfte. Wir erinnern, was die Seele des Achilleus dem Odysseus erwidert:

»Denn dich Lebenden einst verehrten wir, gleich den Göttern,
Argos Söhn'; und jetzo gebietest du mächtig den Geistern,
Wohnend allhier. Drum laß dich den Tod nicht reuen, Achilleus.
Also ich selbst; und sogleich antwortet' er, solches erwidernd:
Nicht mir rede vom Tod ein Trostwort, edler Odysseus!
Lieber ja wollt' ich das Feld als Tagelöhner bestellen
Einem dürftigen Mann, ohn' Erb' und eigenen Wohlstand,
Als die sämtliche Schaar der geschwundenen Toten beherrschen.«

(Odyssee XI v. 484–491)

Oder in der kraftvollen, bitter-parodistischen Fassung von H. Heine:

»Der kleinste lebendige Philister
Zu Stuckert am Neckar
Viel glücklicher ist er
Als ich, der Pelide, der tote Held,
Der Schattenfürst in der Unterwelt«.

Erst später brachten es die Religionen zustande, diese Nachexistenz für die wertvollere, vollgültige auszugeben und das durch den Tod abgeschlossene Leben zu einer bloßen Vorbereitung herabzudrücken. Es war dann nur konsequent, wenn man auch das Leben in die Vergangenheit verlängerte, die früheren Existenzen, die Seelenwanderung und Wiedergeburt ersann, alles in der Absicht, dem Tod seine Bedeutung als Aufhebung des Lebens zu rauben. So frühzeitig hat die Verleugnung des Todes, die wir als konventionell-kulturell bezeichnet haben, ihren Anfang genommen.

An der Leiche der geliebten Person entstanden nicht nur die Seelenlehre, der Unsterblichkeitsglaube und eine mächtige Wurzel des menschlichen Schuldbewußtseins, sondern auch die ersten ethischen Gebote. Das erste und bedeutsamste Verbot des erwachenden Gewissens lautete: Du sollst nicht töten. Es war als die Reaktion gegen die hinter der Trauer versteckte Haßbefriedigung am geliebten Toten gewonnen worden, und wurde allmählich auf den ungeliebten Fremden und endlich auch auf den Feind ausgedehnt.

An letzterer Stelle wird es vom Kulturmenschen nicht mehr verspürt. Wenn das wilde Ringen dieses Krieges seine Entscheidung gefunden hat, wird jeder der siegreichen Kämpfer froh in sein Heim zurückkehren, zu seinem Weib und Kindern, unverweilt und ungestört durch Gedanken an die Feinde, die er im Nahekampf oder durch die fernwirkende Waffe getötet hat. Es ist bemerkenswert, daß sich die primitiven Völker, die noch auf der Erde leben und dem Urmenschen gewiß näher stehen als wir, in diesem Punkte anders verhalten – oder verhalten haben, so lange sie noch nicht den Einfluß unserer Kultur erfahren hatten. Der Wilde – Australier, Buschmann, Feuerländer – ist keineswegs ein reueloser Mörder; wenn er als Sieger vom Kriegspfade heimkehrt, darf er sein Dorf nicht betreten und sein Weib nicht berühren, ehe er seine kriegerischen Mordtaten durch oft langwierige und mühselige Bußen gesühnt hat. Natürlich liegt die Erklärung aus seinem Aberglauben nahe; der Wilde fürchtet noch die Geisterrache der Erschlagenen. Aber die Geister der erschlagenen Feinde sind nichts anderes als der Ausdruck seines bösen Gewissens ob seiner Blutschuld; hinter diesem Aberglauben verbirgt sich ein Stück ethischer Feinfühligkeit, welches uns Kulturmenschen verloren gegangen ist[3].

Fromme Seelen, welche unser Wesen gerne von der Berührung mit Bösem und Gemeinem ferne wissen möchten, werden gewiß nicht versäumen, aus der Frühzeitigkeit und Eindringlichkeit des Mordverbotes befriedigende Schlüsse zu ziehen auf die Stärke ethischer Regungen, welche uns eingepflanzt sein müssen. Leider beweist dieses Argument noch mehr für das Gegenteil. Ein so starkes Verbot kann sich nur gegen einen ebenso starken Impuls richten. Was keines Menschen

3 S. diese Zeitschr., Bd. II. l. c.

Seele begehrt, braucht man nicht zu verbieten[4], es schließt sich von selbst aus. Gerade die Betonung des Gebotes: Du sollst nicht töten, macht uns sicher, daß wir von einer unendlich langen Generationsreihe von Mördern abstammen, denen die Mordlust, wie vielleicht noch uns selbst, im Blute lag. Die ethischen Strebungen der Menschheit, an deren Stärke und Bedeutsamkeit man nicht zu nörgeln braucht, sind ein Erwerb der Menschengeschichte; in leider sehr wechselndem Ausmaße sind sie dann zum ererbten Besitz der heute lebenden Menschen geworden.

Verlassen wir nun den Urmenschen und wenden wir uns dem Unbewußten im eigenen Seelenleben zu. Wir fußen hier ganz auf der Untersuchungsmethode der Psychoanalyse, der einzigen, die in solche Tiefen reicht. Wir fragen: wie verhält sich unser Unbewußtes zum Problem des Todes? Die Antwort muß lauten: fast genau so wie der Urmensch. In dieser wie in vielen anderen Hinsichten lebt der Mensch der Vorzeit ungeändert in unserem Unbewußten fort. Also unser Unbewußtes glaubt nicht an den eigenen Tod, es gebärdet sich wie unsterblich. Was wir unser »Unbewußtes« heißen, die tiefsten, aus Triebregungen bestehenden Schichten unserer Seele, kennt überhaupt nichts Negatives, keine Verneinung – Gegensätze fallen in ihm zusammen – und kennt darum auch nicht den eigenen Tod, dem wir nur einen negativen Inhalt geben können. Dem Todesglauben kommt also nichts Triebhaftes in uns entgegen. Vielleicht ist dies sogar das Geheimnis des Heldentums.

4 Vgl. die glänzende Argumentation von Frazer in dieser Zeitschr., Bd. III. p. 377.

Die rationelle Begründung des Heldentums ruht auf dem Urteil, daß das eigene Leben nicht so wertvoll sein kann wie gewisse abstrakte und allgemeine Güter. Aber ich meine, häufiger dürfte das instinktive und impulsive Heldentum sein, welches von solcher Motivierung absieht und einfach nach der Zusicherung des Anzengruber'schen Steinklopferhanns: Es kann dir nix g'scheh'n, den Gefahren trotzt. Oder jene Motivierung dient nur dazu, die Bedenken wegzuräumen, welche die dem Unbewußten entsprechende heldenhafte Reaktion hintanhalten können. Die Todesangst, unter deren Herrschaft wir häufiger stehen, als wir selbst wissen, ist dagegen etwas Sekundäres, und meist aus Schuldbewußtsein hervorgegangen.

Anderseits anerkennen wir den Tod für Fremde und Feinde und verhängen ihn über sie ebenso bereitwillig und unbedenklich wie der Urmensch. Hier zeigt sich freilich ein Unterschied, den man in der Wirklichkeit für entscheidend erklären wird. Unser Unbewußtes führt die Tötung nicht aus, es denkt und wünscht sie bloß. Aber es wäre unrecht, diese psychische Realität im Vergleiche zur faktischen so ganz zu unterschätzen. Sie ist bedeutsam und folgenschwer genug. Wir beseitigen in unseren unbewußten Regungen täglich und stündlich alle, die uns im Wege stehen, die uns beleidigt und geschädigt haben. Das »Hol' ihn der Teufel«, das sich so häufig in scherzendem Unmut über unsere Lippen drängt, und das eigentlich sagen will: Hol' ihn der Tod, in unserem Unbewußten ist es ernsthafter, kraftvoller Todeswunsch. Ja, unser Unbewußtes mordet selbst für Kleinigkeiten; wie die alte athenische Gesetzgebung des Drakon kennt es für Verbrechen keine andere Strafe als den Tod, und dies mit einer gewissen Konsequenz, denn jede Schädigung unseres allmächtigen und selbstherrlichen Ichs ist im Grunde ein crimen laesae majestatis.

So sind wir auch selbst, wenn man uns nach unseren unbewußten Wunschregungen beurteilt, wie die Urmenschen eine Rotte von Mördern. Es ist ein Glück, daß alle diese Wünsche nicht die Kraft besitzen, die ihnen die Menschen in Urzeiten noch zutrauten[5]; in dem Kreuzfeuer von gegenseitigen Verwünschungen wäre die Menschheit längst zugrunde gegangen, die besten und weisesten der Männer darunter wie die schönsten und holdesten der Frauen.

Mit Aufstellungen wie diese findet die Psychoanalyse bei den Laien meist keinen Glauben. Man weist sie als Verleumdungen zurück, welche gegen die Versicherungen des Bewußtseins nicht in Betracht kommen, und übersieht geschickt die geringen Anzeichen, durch welche sich auch das Unbewußte dem Bewußtsein zu verraten pflegt. Es ist darum am Platze darauf hinzuweisen, daß viele Denker, die nicht von der Psychoanalyse beeinflußt sein konnten, die Bereitschaft unserer stillen Gedanken, mit Hinwegsetzung über das Mordverbot zu beseitigen, was uns im Wege steht, deutlich genug angeklagt haben. Ich wähle hiefür ein einziges berühmt gewordenes Beispiel an Stelle vieler anderer:

Im »Père Goriot« spielt Balzac auf eine Stelle in den Werken J.J. Rousseau's an, in welcher dieser Autor

5 Vgl. über »Allmacht der Gedanken« in dieser Zeitschr.. Bd. III. 1913.

den Leser fragt, was er wohl tun würde, wenn er – ohne Paris zu verlassen und natürlich ohne entdeckt zu werden – einen alten Mandarin in Peking durch einen bloßen Willensakt töten könnte, dessen Ableben ihm einen großen Vorteil einbringen müßte. Er läßt erraten, daß er das Leben dieses Würdenträgers für nicht sehr gesichert hält. »Tuer son mandarin« ist dann sprichwörtlich worden für diese geheime Bereitschaft auch der heutigen Menschen.

Es gibt auch eine ganze Anzahl von zynischen Witzen und Anekdoten, welche nach derselben Richtung Zeugnis ablegen, wie z.B. die dem Ehemanne zugeschriebene Äußerung: Wenn einer von uns beiden stirbt, übersiedle ich nach Paris. Solche zynischen Witze wären nicht möglich, wenn sie nicht eine verleugnete Wahrheit mitzuteilen hätten, zu der man sich nicht bekennen darf, wenn sie ernsthaft und unverhüllt ausgesprochen wird. Im Scherz darf man bekanntlich sogar die Wahrheit sagen.

Wie für den Urmenschen, so ergibt sich auch für unser Unbewußtes ein Fall, in dem die beiden entgegengesetzten Einstellungen gegen den Tod, die eine, welche ihn als Lebensvernichtung anerkennt, und die andere, die ihn als unwirklich verleugnet, zusammenstoßen und in Konflikt geraten. Und dieser Fall ist der nämliche wie in der Urzeit, der Tod oder die Todesgefahr eines unserer Lieben, eines Eltern- oder Gattenteils, eines Geschwisters, Kindes oder lieben Freundes. Diese Lieben sind uns einerseits ein innerer Besitz, Bestandteile unseres eigenen Ichs, anderseits aber auch teilweise Fremde, ja Feinde. Den zärtlichsten und innigsten unserer Liebesbeziehungen hängt mit Ausnahme ganz weniger Situationen ein Stückchen Feindseligkeit an, welches den unbewußten Todeswunsch anregen kann. Aus diesem Ambivalenzkonflikt geht aber nicht wie dereinst die Seelenlehre und die Ethik hervor, sondern die Neurose, die uns tiefe Einblicke auch in das normale Seelenleben gestattet. Wie häufig haben die psychoanalytisch behandelnden Ärzte mit dem Symptom der überzärtlichen Sorge um das Wohl der Angehörigen oder mit völlig unbegründeten Selbstvorwürfen nach dem Tode einer geliebten Person zu tun gehabt. Das Studium dieser Vorfälle hat ihnen über die Verbreitung und Bedeutung der unbewußten Todeswünsche keinen Zweifel gelassen.

Der Laie empfindet ein außerordentliches Grauen vor dieser Gefühlsmöglichkeit und nimmt diese Abneigung als legitimen Grund zum Unglauben gegen die Behauptungen der Psychoanalyse. Ich meine mit Unrecht. Es wird keine Herabsetzung unseres Liebeslebens beabsichtigt, und es liegt auch keine solche vor. Unserem Verständnis wie unserer Empfindung liegt es freilich ferne, Liebe und Haß in solcher Weise miteinander zu verkoppeln, aber indem die Natur mit diesem Gegensatzpaar arbeitet, bringt sie es zustande, die Liebe immer wach und frisch zu erhalten, um sie gegen den hinter ihr lauernden Haß zu versichern. Man darf sagen, die schönsten Entfaltungen unseres Liebeslebens danken wir der Reaktion gegen den feindseligen Impuls, den wir in unserer Brust verspüren.

Resümieren wir nun; unser Unbewußtes ist gegen die Vorstellung des eigenen Todes ebenso unzugänglich, gegen den Fremden ebenso mordlustig, gegen die geliebte Person ebenso zwiespältig (ambivalent) wie der Mensch der Urzeit. Wie weit haben wir uns aber in der konventionell-kulturellen Einstellung gegen den Tod von diesem Urzustand entfernt!

Es ist leicht zu sagen, wie der Krieg in diese Entzweiung eingreift. Er streift uns die späteren Kulturauflagerungen ab und läßt den Urmenschen in uns wieder zum Vorschein kommen. Er zwingt uns wieder, Helden zu sein, die an den eigenen Tod nicht glauben können; er bezeichnet uns die Fremden als Feinde, deren Tod man herbeiführen oder herbeiwünschen soll; er rät uns, uns über den Tod geliebter Personen hinwegzusetzen. Der Krieg ist aber nicht abzuschaffen; solange die Existenzbedingungen der Völker so verschieden und die Abstoßungen unter ihnen so heftig sind, wird es Kriege geben müssen. Da erhebt sich denn die Frage: Sollen wir nicht diejenigen sein, die nachgeben und sich ihm anpassen? Sollen wir nicht zugestehen, daß wir mit unserer kulturellen Einstellung zum Tode psychologisch wieder einmal über unseren Stand gelebt haben, und vielmehr umkehren und die Wahrheit fatieren? Wäre es nicht besser, dem Tod den Platz in der Wirklichkeit und in unseren Gedanken einzuräumen, der ihm gebührt, und unsere unbewußte Einstellung zum Tode, die wir bisher so sorgfältig unterdrückt haben, ein wenig mehr hervorzukehren? Es scheine das keine Höherleistung zu sein, eher ein Rückschritt in manchen Stücken, eine Regression, aber es hat den Vorteil, der Wahrhaftigkeit mehr Rechnung zu tragen und uns das Leben wieder erträglicher zu machen. Das Leben zu ertragen, bleibt ja doch die erste Pflicht aller Lebenden. Die Illusion wird wertlos, wenn sie uns darin stört.

Wir erinnern uns des alten Spruches:

Si vis pacem, para bellum.
(Wenn du den Frieden erhalten willst, so rüste zum Krieg.)

Es wäre zeitgemäß ihn abzuändern:

Si vis vitam, para mortem.
(Wenn du das Leben aushalten willst, richte dich auf den Tod ein.)

Albert Einstein / Sigmund Freud

Warum Krieg?

Briefwechsel, 1932

Albert Einstein

Caputh, bei Potsdam, 30. Juli 1932

Lieber Herr Freud!

Ich bin glücklich darüber, dass ich durch die Anregung des Völkerbundes und seines Internationalen Instituts für geistige Zusammenarbeit in Paris, in freiem Meinungsaustausch mit einer Person meiner Wahl ein frei gewähltes Problem zu erörtern, eine einzigartige Gelegenheit erhalte, mich mit Ihnen über diejenige Frage zu unterhalten, die mir beim gegenwärtigen Stande der Dinge als die wichtigste der Zivilisation erscheint: Gibt es einen Weg, die Menschen von dem Verhängnis des Krieges zu befreien? Die Einsicht, dass diese Frage durch die Fortschritte der Technik zu einer Existenzfrage für die zivilisierte Menschheit geworden ist, ist ziemlich allgemein durchgedrungen, und trotzdem sind die heissen Bemühungen um ihre Lösung bisher in erschreckendem Masse gescheitert.

Ich glaube, dass auch unter den mit diesem Problem praktisch und beruflich beschäftigten Menschen, aus einem gewissen Gefühl der Ohnmacht heraus, der Wunsch lebendig ist, Personen um ihre Auffassung des Problems zu befragen, die durch ihre gewohnte wissenschaftliche Tätigkeit zu allen Fragen des Lebens eine weitgehende Distanz gewonnen haben. Was mich selber betrifft, so liefert mir die gewohnte Richtung meines Denkens keine Einblicke in die Tiefen des menschlichen Wollens und Fühlens, so dass ich bei dem hier versuchten Meinungsaustausch nicht viel mehr tun kann, als versuchen, die Fragestellung herauszuarbeiten und durch Vorwegnahme der mehr äusserlichen Lösungsversuche Ihnen Gelegenheit zu geben, die Frage vom Standpunkte Ihrer vertieften Kenntnis des menschlichen Trieblebens aus zu beleuchten. Ich vertraue darauf, dass Sie auf Wege der Erziehung werden hinweisen können, die auf einem gewissermassen unpolitischen Wege psychologische Hindernisse zu beseitigen imstande sind, welche der psychologisch Ungeübte wohl ahnt, deren Zusammenhänge und Wandelbarkeit er aber nicht zu beurteilen vermag.

Weil ich selber ein von Affekten nationaler Natur freier Mensch bin, erscheint mir die äussere bezw. organisatorische Seite des Problems einfach: Die Staaten schaffen eine legislative und gerichtliche Behörde zur Schlichtung aller zwischen ihnen entstehenden Konflikte. Sie verpflichten sich, sich den von der legislativen Behörde aufgestellten Gesetzen zu unterwerfen, das Gericht in allen Streitfällen anzurufen, sich seinen Entscheidungen bedingungslos zu beugen, sowie alle diejenigen Massnahmen durchzuführen, welche das Gericht für die Realisierung seiner Entscheidungen für notwendig erachtet. Hier schon stosse ich auf die erste Schwierigkeit: Ein Gericht ist eine menschliche Einrichtung, die umsomehr geneigt sein dürfte, ihre Entscheidungen ausserrechtlichen Einflüssen zugänglich zu machen, je weniger Macht ihr zur Verfügung steht, ihre Entscheidungen durchzusetzen. Es ist eine Tatsache, mit der man rechnen muss: Recht und Macht sind unzertrennlich verbunden, und die Sprüche eines Rechtsorgans nähern sich umsomehr dem Gerechtigkeitsideal der Gemeinschaft, in deren Namen und Interesse Recht gesprochen wird, je mehr Machtmittel diese Gemeinschaft aufbringen kann, um die Respektierung ihres Gerechtigkeitsideals zu erzwingen. Wir sind aber zurzeit weit davon entfernt, eine überstaatliche Organisation zu besitzen, die ihrem Gericht unbestreitbare Autorität zu verleihen und der Exekution seiner Erkenntnisse absoluten Gehorsam zu erzwingen imstande wäre. So drängt sich mir die erste Feststellung auf: Der Weg zur internationalen Sicherheit führt über den bedingungslosen Verzicht der Staaten auf einen Teil ihrer Handlungsfreiheit bezw. Souveränität, und es dürfte unbezweifelbar sein, dass es einen andern Weg zu dieser Sicherheit nicht gibt.

Ein Blick auf die Erfolglosigkeit der zweifellos ernst gemeinten Bemühungen der letzten Jahrzehnte, dieses Ziel zu erreichen, lässt jeden deutlich fühlen, dass mächtige psychologische Kräfte am Werke sind, die diese Bemühungen paralysieren. Einige dieser Kräfte liegen offen zutage. Das Machtbedürfnis der jeweils herrschenden Schicht eines Staates, widersetzt sich einer Einschränkung der Hoheitsrechte desselben. Dieses «politische Machtbedürfnis» wird häufig genährt aus einem materiell-ökonomisch sich äussernden Machtstreben einer andern Schicht. Ich denke hier vornehmlich an die innerhalb jedes Volkes vorhandene kleine, aber entschlossene, sozialen Erwägungen und Hemmungen unzugängliche Gruppe jener Menschen, denen Krieg, Waffenherstellung und -handel, nichts als eine Gelegenheit sind, persönliche Vorteile zu ziehen, den persönlichen Machtbereich zu erweitern.

Diese einfache Feststellung bedeutet aber nur einen ersten Schritt in der Erkenntnis der Zusammenhänge. Es erhebt sich sofort die Frage: Wie ist es möglich, dass die soeben genannte Minderheit, die Masse des Volkes ihren Gelüsten dienstbar machen kann, die durch einen Krieg nur zu leiden und zu verlieren hat. (Wenn ich von der Masse des Volkes spreche, so schliesse ich aus ihr diejenigen nicht aus, die als Soldaten aller Grade den Krieg zum Beruf gemacht haben, in der Ueberzeugung, dass sie der Verteidigung der höchsten Güter ihres Volkes dienen, und dass manchmal die beste Verteidigung der Angriff ist.) Hier scheint die nächstliegende Antwort zu sein: Die Minderheit der jeweils Herrschenden hat vor allem die Schule, die Presse und meistens auch die religiösen Organisationen in ihrer Hand. Durch diese Mittel beherrscht und leitet sie die Gefühle der grossen Masse und macht diese zu ihrem willenlosen Werkzeuge.

Aber auch diese Antwort erschöpft nicht den ganzen Zusammenhang, denn es erhebt sich die Frage: Wie ist es möglich, dass sich die Masse durch die genannten Mittel bis zur Raserei und Selbstaufopferung entflammen lässt? Die Antwort kann nur sein: Im Menschen lebt ein Bedürfnis zu hassen und zu vernichten. Diese Anlage ist in gewöhnlichen Zeiten latent vorhanden und tritt dann nur beim Abnormalen zutage; sie kann aber verhältnismässig leicht geweckt und zur Massenpsychose gesteigert werden. Hier scheint das tiefste Problem des ganzen verhängnisvollen Wirkungskomplexes zu stecken. Hier ist die Stelle, die nur der grosse Kenner der menschlichen Triebe beleuchten kann.

Dies führt auf eine letzte Frage: Gibt es eine Möglichkeit, die psychische Entwicklung der Menschen so zu leiten, dass sie den Psychosen des Hasses und des Vernichtens gegenüber widerstandsfähiger werden? Ich denke dabei keineswegs nur an die sogenannten Ungebildeten. Nach meinen Lebenserfahrungen ist es vielmehr gerade die sogenannte «Intelligenz», welche den verhängnisvollen Massensuggestionen am leichtesten unterliegt, weil sie nicht unmittelbar aus dem Erleben zu schöpfen pflegt, sondern auf dem Wege über das bedruckte Papier am bequemsten und vollständigsten zu erfassen ist.

Zum Schluss noch eins: Ich habe bisher nur vom Krieg zwischen Staaten, also von sogenannten internationalen Konflikten gesprochen. Ich bin mir dessen bewusst, dass die menschliche Aggressivität sich auch in anderen Formen und unter anderen Bedingungen betätigt (z. B. Bürgerkrieg, früher aus religiösen, heute aus sozialen Ursachen heraus, Verfolgung von nationalen Minderheiten). Ich habe aber bewusst die repräsentativste und unheilvollste, weil zügelloseste Form des Konfliktes unter menschlichen Gemeinschaften hervorgehoben, weil sich an ihr vielleicht am ehesten demonstrieren lässt, wie sich kriegerische Konflikte vermeiden liessen.

Ich weiss, dass Sie in Ihren Schriften auf alle mit dem uns interessierenden, drängenden Problem zusammenhängenden Fragen teils direkt, teils indirekt geantwortet haben. Es wird aber von grossem Nutzen sein, wenn Sie das Problem der Befriedung der Welt im Lichte Ihrer neuen Erkenntnisse besonders darstellen, da von einer solchen Darstellung fruchtbare Bemühungen ausgehen können.

Freundlichst grüsst Sie

Ihr
A. Einstein

Sigmund Freud

Wien, im September 1932

Lieber Herr Einstein!

Als ich hörte, dass Sie die Absicht haben, mich zum Gedankenaustausch über ein Thema aufzufordern, dem Sie Ihr Interesse schenken und das Ihnen auch des Interesses Anderer würdig erscheint, stimmte ich bereitwillig zu. Ich erwartete, Sie würden ein Problem an der Grenze des heute Wissbaren wählen, zu dem ein jeder von uns, der Physiker wie der Psycholog, sich seinen besonderen Zugang bahnen könnte, so dass sie sich von verschiedenen Seiten her auf demselben Boden träfen. Sie haben mich dann durch die Fragestellung überrascht, was man tun könne, um das Verhängnis des Krieges von den Menschen abzuwehren. Ich erschrak zunächst unter dem Eindruck meiner – fast hätte ich gesagt: unserer – Inkompetenz, denn das erschien mir als eine praktische Aufgabe, die den Staatsmännern zufällt. Ich verstand dann aber, dass Sie die Frage nicht als Naturforscher und Physiker erhoben haben, sondern als Menschenfreund, der den Anregungen des Völkerbunds gefolgt war, ähnlich wie der Polarforscher *Fridtjof Nansen* es auf sich genommen hatte, den Hungernden und den heimatlosen Opfern des Weltkrieges Hilfe zu bringen. Ich besann mich auch, dass mir nicht zugemutet wird, praktische Vorschläge zu machen, sondern dass ich nur angeben soll, wie sich das Problem der Kriegsverhütung einer psychologischen Betrachtung darstellt.

Aber auch hierüber haben Sie in Ihrem Schreiben das meiste gesagt. Sie haben mir gleichsam den Wind aus den Segeln genommen, aber ich fahre gern in Ihrem Kielwasser und bescheide mich damit, alles zu bestätigen, was Sie vorbringen, indem ich es nach meinem besten Wissen – oder Vermuten – breiter ausführe.

Sie beginnen mit dem Verhältnis von Recht und Macht. Das ist gewiss der richtige Ausgangspunkt für unsere Untersuchung. Darf ich das Wort »Macht« durch das grellere, härtere Wort »Gewalt« ersetzen? Recht und Gewalt sind uns heute Gegensätze. Es ist leicht zu zeigen, dass sich das eine aus dem anderen entwickelt hat, und wenn wir auf die Uranfänge zurückgehen und nachsehen, wie das zuerst geschehen ist, so fällt uns die Lösung des Problems mühelos zu. Entschuldigen Sie mich aber, wenn ich im Folgenden allgemein Bekanntes und Anerkanntes erzähle, als ob es neu wäre; der Zusammenhang nötigt mich dazu.

Interessenkonflikte unter den Menschen werden also prinzipiell durch die Anwendung von Gewalt entschieden. So ist es im ganzen Tierreich, von dem der Mensch sich nicht ausschliessen sollte; für den Menschen kommen allerdings noch Meinungskonflikte hinzu, die bis zu den höchsten Höhen der Abstraktion reichen und eine andere Technik der Entscheidung zu fordern scheinen. Aber das ist eine spätere Komplikation. Anfänglich, in einer kleinen Menschenhorde, entschied die stärkere Muskelkraft darüber, wem etwas gehören oder wessen Wille zur Ausführung gebracht werden sollte. Muskelkraft verstärkt und ersetzt sich bald durch den Gebrauch von Werkzeugen; es siegt, wer die besseren Waffen hat oder sie geschickter verwendet. Mit der

Einführung der Waffe beginnt bereits die geistige Ueberlegenheit die Stelle der rohen Muskelkraft einzunehmen; die Endabsicht des Kampfes bleibt die nämliche, der eine Teil soll durch die Schädigung, die er erfährt, und durch die Lähmung seiner Kräfte gezwungen werden, seinen Anspruch oder Widerspruch aufzugeben. Dies wird am gründlichsten erreicht, wenn die Gewalt den Gegner dauernd beseitigt, also tötet. Es hat zwei Vorteile, dass er seine Gegnerschaft nicht ein andermal wieder aufnehmen kann, und dass sein Schicksal andere abschreckt, seinem Beispiel zu folgen. Ausserdem befriedigt die Tötung des Feindes eine triebhafte Neigung, die später erwähnt werden muss. Der Tötungsabsicht kann sich die Erwägung widersetzen, dass der Feind zu nützlichen Dienstleistungen verwendet werden kann, wenn man ihn eingeschüchtert am Leben lässt. Dann begnügt sich also die Gewalt damit, ihn zu unterwerfen anstatt ihn zu töten. Es ist der Anfang der Schonung des Feindes, aber der Sieger hat von nun an mit der lauernden Rachsucht des Besiegten zu rechnen, gibt ein Stück seiner eigenen Sicherheit auf.

Das ist also der ursprüngliche Zustand, die Herrschaft der grösseren Macht, der rohen oder intellektuell gestützten Gewalt. Wir wissen, dies Regime ist im Laufe der Entwicklung abgeändert worden, es führte ein Weg von der Gewalt zum Recht, aber welcher? Nur ein einziger, meine ich. Er führte über die Tatsache, dass die grössere Stärke des Einen wettgemacht werden konnte durch die Vereinigung mehrerer Schwachen. »L'union fait la force«. Gewalt wird gebrochen durch Einigung, die Macht dieser Geeinigten stellt nun das Recht dar im Gegensatz zur Gewalt des Einzelnen. Wir sehen, das Recht ist die Macht einer Gemeinschaft. Es ist noch immer Gewalt, bereit sich gegen jeden Einzelnen zu wenden, der sich ihr widersetzt, arbeitet mit denselben Mitteln, verfolgt dieselben Zwecke; der Unterschied liegt wirklich nur darin, dass es nicht mehr die Gewalt eines Einzelnen ist, die sich durchsetzt, sondern die der Gemeinschaft. Aber damit sich dieser Uebergang von der Gewalt zum neuen Recht vollziehe, muss eine psychologische Bedingung erfüllt werden. Die Einigung der Mehreren muss eine beständige, dauerhafte sein. Stellte sie sich nur zum Zweck der Bekämpfung des einen Uebermächtigen her und zerfiele nach seiner Ueberwältigung, so wäre nichts erreicht. Der nächste, der sich für stärker hält, würde wiederum eine Gewaltherrschaft anstreben und das Spiel würde sich endlos wiederholen. Die Gemeinschaft muss permanent erhalten werden, sich organisieren, Vorschriften schaffen, die den gefürchteten Auflehnungen vorbeugen, Organe bestimmen, die über die Einhaltung der Vorschriften – Gesetze – wachen und die Ausführung der rechtmässigen Gewaltakte besorgen. In der Anerkennung einer solchen Interessengemeinschaft stellen sich unter den Mitgliedern einer geeinigten Menschengruppe Gefühlsbindungen her, Gemeinschaftsgefühle, in denen ihre eigentliche Stärke beruht.

Damit, denke ich, ist alles Wesentliche bereits gegeben: die Ueberwindung der Gewalt durch Uebertragung der Macht an eine grössere Einheit, die durch Gefühlsbindungen ihrer Mitglieder zusammengehalten wird. Alles Weitere sind Ausführungen und Wiederholungen. Die Verhältnisse sind einfach, solange die Gemeinschaft nur aus einer Anzahl gleichstarker Individuen besteht. Die Gesetze dieser Vereinigung bestimmen dann, auf welches Mass von persönlicher Freiheit, seine Kraft als Gewalt anzuwenden, der Einzelne verzichten muss, um ein gesichertes Zusammenleben zu ermöglichen. Aber ein solcher Ruhezustand ist nur theoretisch denkbar, in Wirklichkeit kompliziert sich der Sachverhalt dadurch, dass die Gemeinschaft von Anfang an ungleich mächtige Elemente umfasst, Männer und Frauen, Eltern und Kinder, und bald infolge von Krieg und Unterwerfung Siegreiche und Besiegte, die sich in Herren und Sklaven umsetzen. Das Recht der Gemeinschaft wird dann zum Ausdruck der ungleichen Machtverhältnisse in ihrer Mitte, die Gesetze werden von und für die Herrschenden gemacht werden und den Unterworfenen wenig Rechte einräumen. Von da an gibt es in der Gemeinschaft zwei Quellen von Rechtsunruhe, aber auch von Rechtsfortbildung. Erstens die Versuche Einzelner unter den Herren, sich über die für alle giltigen Einschränkungen zu erheben, also von der Rechtsherrschaft auf die Gewaltherrschaft zurückzugreifen, zweitens die ständigen Bestrebungen der Unterdrückten, sich mehr Macht zu verschaffen und diese Aenderungen im Gesetz anerkannt zu sehen, also im Gegenteil vom ungleichen Recht zum gleichen Recht für alle vorzudringen. Diese letztere Strömung wird besonders bedeutsam werden, wenn sich im Inneren des Gemeinwesens wirklich Verschiebungen der Machtverhältnisse ergeben, wie es infolge mannigfacher historischer Momente geschehen kann. Das Recht kann sich dann allmählich den neuen Machtverhältnissen anpassen, oder, was häufiger geschieht, die herrschende Klasse ist nicht bereit, dieser Aenderung Rechnung zu tragen, es kommt zu Auflehnung, Bürgerkrieg, also zur zeitweiligen Aufhebung des Rechts und zu neuen Gewaltproben, nach deren Ausgang eine neue Rechtsordnung eingesetzt wird. Es gibt noch eine andere Quelle der Rechtsänderung, die sich nur in friedlicher Weise äussert, das ist die kulturelle Wandlung der Mitglieder des Gemeinwesens, aber die gehört in einen Zusammenhang, der erst später berücksichtigt werden kann.

Wir sehen also, auch innerhalb eines Gemeinwesens ist die gewaltsame Erledigung von Interessenkonflikten nicht vermieden worden. Aber die Notwendigkeiten und Gemeinsamkeiten, die sich aus dem Zusammenleben auf demselben Boden ableiten, sind einer raschen Beendigung solcher Kämpfe günstig und die Wahrscheinlichkeit friedlicher Lösungen unter diesen Bedingungen nimmt stetig zu. Ein Blick in die Menschheitsgeschichte zeigt uns aber eine unaufhörliche Reihe von Konflikten zwischen einem Gemeinwesen und einem oder mehreren anderen, zwischen grösseren und kleineren Einheiten, Stadtgebieten, Landschaften, Stämmen, Völkern, Reichen, die fast immer durch die Kraftprobe des Krieges entschieden werden. Solche Kriege gehen entweder in Beraubung oder in volle Unterwerfung, Eroberung des einen Teils, aus. Man kann die Eroberungskriege nicht einheitlich beurteilen. Manche wie die der Mongolen und Türken haben nur Unheil gebracht, andere im Gegenteil zur Umwandlung von Gewalt in Recht beigetragen, indem sie grössere Einheiten herstellten, innerhalb deren nun die Möglichkeit der Gewaltanwendung aufgehört hatte und eine neue Rechtsordnung die Konflikte schlichtete. So haben die

Eroberungen der Römer den Mittelmeerländern die kostbare pax romana gegeben. Die Vergrösserungslust der französischen Könige hat ein friedlich geeinigtes, blühendes Frankreich geschaffen. So paradox es klingt, man muss doch zugestehen, der Krieg wäre kein ungeeignetes Mittel zur Herstellung des ersehnten »ewigen« Friedens, weil er im Stande ist, jene grossen Einheiten zu schaffen, innerhalb deren eine starke Zentralgewalt weitere Kriege unmöglich macht. Aber er taugt doch nicht dazu, denn die Erfolge der Eroberung sind in der Regel nicht dauerhaft; die neu geschaffenen Einheiten zerfallen wieder, meist infolge des mangelnden Zusammenhalts der gewaltsam geeinigten Teile. Und ausserdem konnte die Eroberung bisher nur partielle Einigungen, wenn auch von grösserem Umfang, schaffen, deren Konflikte die gewaltsame Entscheidung erst recht herausforderten. So ergab sich als die Folge all dieser kriegerischen Anstrengungen nur, dass die Menschheit zahlreiche, ja unaufhörliche Kleinkriege gegen seltene, aber umsomehr verheerende Grosskriege eintauschte.

Auf unsere Gegenwart angewendet ergibt sich das gleiche Resultat, zu dem Sie auf kürzerem Weg gelangt sind. Eine sichere Verhütung der Kriege ist nur möglich, wenn sich die Menschen zur Einsetzung einer Zentralgewalt einigen, welcher der Richtspruch in allen Interessenkonflikten übertragen wird. Hier sind offenbar zwei Forderungen vereinigt, dass eine solche übergeordnete Instanz geschaffen und dass ihr die erforderliche Macht gegeben werde. Das eine allein würde nicht nützen. Nun ist der Völkerbund als solche Instanz gedacht, aber die andere Bedingung ist nicht erfüllt; der

Völkerbund hat keine eigene Macht und kann sie nur bekommen, wenn die Mitglieder der neuen Einigung, die einzelnen Staaten, sie ihm abtreten. Dazu scheint aber derzeit wenig Aussicht vorhanden. Man stünde der Institution des Völkerbundes nun ganz ohne Verständnis gegenüber, wenn man nicht wüsste, dass hier ein Versuch vorliegt, der in der Geschichte der Menschheit nicht oft – vielleicht noch nie in diesem Mass – gewagt worden ist. Es ist der Versuch, die Autorität – d.i. den zwingenden Einfluss –, die sonst auf dem Besitz der Macht ruht, durch die Berufung auf bestimmte ideelle Einstellungen zu erwerben. Wir haben gehört, was eine Gemeinschaft zusammenhält, sind zwei Dinge: der Zwang der Gewalt und die Gefühlsbindungen – Identifizierungen heisst man sie technisch – der Mitglieder. Fällt das eine Moment weg, so kann möglicher Weise das andere die Gemeinschaft aufrecht halten. Jene Ideen haben natürlich nur dann eine Bedeutung, wenn sie wichtigen Gemeinsamkeiten der Mitglieder Ausdruck geben. Es fragt sich dann, wie stark sie sind. Die Geschichte lehrt, dass sie in der Tat ihre Wirkung geübt haben. Die panhellenische Idee z.B., das Bewusstsein, dass man etwas besseres sei als die umwohnenden Barbaren, das in den Amphiktyonien, den Orakeln und Festspielen so kräftigen Ausdruck fand, war stark genug, um die Sitten der Kriegsführung unter Griechen zu mildern, aber selbstverständlich nicht im Stande, kriegerische Streitigkeiten zwischen den Partikeln des Griechenvolkes zu verhüten, ja nicht einmal um eine Stadt oder einen Städtebund abzuhalten, sich zum Schaden eines Rivalen mit dem Perserfeind zu verbünden. Ebensowenig hat das christliche Gemeingefühl, das doch mächtig genug war, im Renaissancezeitalter christliche Klein- und Grosstaaten daran gehindert, in ihren Kriegen miteinander um die Hilfe des Sultans zu werben. Auch in unserer Zeit gibt es keine Idee, der man eine solche einigende Autorität zumuten könnte. Dass die heute die Völker beherrschenden nationalen Ideale zu einer gegenteiligen Wirkung drängen, ist ja allzu deutlich. Es gibt Personen, die vorhersagen, erst das allgemeine Durchdringen der bolschewistischen Denkungsart werde den Kriegen ein Ende machen können, aber von solchem Ziel sind wir heute jedenfalls weit entfernt, und vielleicht wäre es nur nach schrecklichen Bürgerkriegen erreichbar. So scheint es also, dass der Versuch, reale Macht durch die Macht der Ideen zu ersetzen, heute noch zum Fehlschlagen verurteilt ist. Es ist ein Fehler in der Rechnung, wenn man nicht berücksichtigt, dass Recht ursprünglich rohe Gewalt war und noch heute der Stützung durch die Gewalt nicht entbehren kann.

Ich kann nun daran gehen, einen anderen Ihrer Sätze zu glossieren. Sie verwundern sich darüber, dass es so leicht ist, die Menschen für den Krieg zu begeistern, und vermuten, dass etwas in ihnen wirksam ist, ein Trieb zum Hassen und Vernichten, der solcher Verhetzung entgegenkommt. Wiederum kann ich Ihnen nur uneingeschränkt beistimmen. Wir glauben an die Existenz eines solchen Triebes und haben uns gerade in den letzten Jahren bemüht, seine Aeusserungen zu studieren. Darf ich Ihnen aus diesem Anlass ein Stück der Trieblehre vortragen, zu der wir in der Psychoanalyse nach vielem Tasten und Schwanken gekommen sind? Wir nehmen an, dass die Triebe des Menschen nur von zweierlei Art sind, entweder solche, die erhalten und vereinigen wollen – wir heissen sie erotische, ganz im Sinne des Eros im Symposion *Plato's*, oder sexuelle mit bewusster Ueberdehnung des populären Begriffs von Sexualität – und andere, die zerstören und töten wollen; wir fassen diese als Aggressionstrieb oder Destruktionstrieb zusammen. Sie sehen, das ist eigentlich nur die theoretische Verklärung des weltbekannten Gegensatzes von Lieben und Hassen, der vielleicht zu der Polarität von Anziehung und Abstossung eine Urbeziehung unterhält, die auf Ihrem Gebiet eine Rolle spielt. Nun lassen Sie uns nicht zu rasch mit den Wertungen von Gut und Böse einsetzen. Der eine dieser Triebe ist ebenso unerlässlich wie der andere, aus dem Zusammen- und Gegeneinanderwirken der Beiden gehen die Erscheinungen des Lebens hervor. Nun scheint es, dass kaum jemals ein Trieb der einen Art sich isoliert betätigen kann, er ist immer mit einem gewissen Betrag von der anderen Seite verbunden, wie wir sagen: legiert, der sein Ziel modifiziert oder ihm unter Umständen dessen Erreichung erst möglich macht. So ist z. B. der Selbsterhaltungstrieb gewiss erotischer Natur, aber grade er bedarf der Verfügung über die Aggression, wenn er seine Absicht durchsetzen soll. Ebenso benötigt der auf Objekte gerichtete Liebestrieb eines Zusatzes vom Bemächtigungstrieb, wenn er seines Objekts überhaupt habhaft werden soll. Die Schwierigkeit, die beiden Triebarten in ihren Aeusserungen zu isolieren, hat uns ja so lange in ihrer Erkenntnis behindert.

Wenn Sie mit mir ein Stück weitergehen wollen, so hören Sie, dass die menschlichen Handlungen noch eine Komplikation von anderer Art erkennen lassen.

Ganz selten ist die Handlung das Werk einer einzigen Triebregung, die an und für sich bereits aus Eros und Destruktion zusammengesetzt sein muss. In der Regel müssen mehrere in der gleichen Weise aufgebaute Motive zusammentreffen, um die Handlung zu ermöglichen. Einer Ihrer Fachgenossen hat das bereits gewusst, ein Prof. G. Ch. LICHTENBERG, der zur Zeit unserer Klassiker in GÖTTINGEN Physik lehrte; aber vielleicht war er als Psycholog noch bedeutender denn als Physiker. Er erfand die Motivenrose, indem er sagte: »Die Bewegungsgründe[1] woraus man etwas tut, könnten so wie die 32 Winde geordnet und ihre Namen auf eine ähnliche Art formiert werden, z. B. Brot – Brot – Ruhm oder Ruhm – Ruhm – Brot«. Wenn also die Menschen zum Krieg aufgefordert werden, so mögen eine ganze Anzahl von Motiven in ihnen zustimmend antworten, edle und gemeine, solche, von denen man laut spricht, und andere, die man beschweigt. Wir haben keinen Anlass sie alle blosszulegen. Die Lust an der Aggression und Destruktion ist gewiss darunter; ungezählte Grausamkeiten der Geschichte und des Alltags bekräftigen ihre Existenz und ihre Stärke. Die Verquickung dieser destruktiven Strebungen mit anderen erotischen und ideellen erleichtert natürlich deren Befriedigung. Manchmal haben wir, wenn wir von den Greueltaten der Geschichte hören, den Eindruck, die ideellen Motive hätten den destruktiven Gelüsten nur als Vorwände gedient, andere Male z. B. bei den Grausamkeiten der hl. Inquisition, meinen wir, die ideellen Motive hätten sich im Bewusstsein vorgedrängt, die destruktiven ih-

1 Wir sagen heute: Beweggründe.

nen eine unbewusste Verstärkung gebracht. Beides ist möglich.

Ich habe Bedenken Ihr Interesse zu missbrauchen, das ja der Kriegsverhütung gilt, nicht unseren Theorien. Doch möchte ich noch einen Augenblick bei unserem Destruktionstrieb verweilen, dessen Beliebtheit keineswegs Schritt hält mit seiner Bedeutung. Mit etwas Aufwand von Spekulation sind wir nämlich zu der Auffassung gelangt, dass dieser Trieb innerhalb jedes lebenden Wesens arbeitet und dann das Bestreben hat, es zum Zerfall zu bringen, das Leben zum Zustand der unbelebten Materie zurückzuführen. Er verdiente in allem Ernst den Namen eines Todestriebes, während die erotischen Triebe die Bestrebungen zum Leben repräsentieren. Der Todestrieb wird zum Destruktionstrieb, indem er mit Hilfe besonderer Organe nach aussen, gegen die Objekte, gewendet wird. Das Lebewesen bewahrt sozusagen sein eigenes Leben dadurch, dass es fremdes zerstört. Ein Anteil des Todestriebes verbleibt aber im Innern des Lebewesens tätig und wir haben versucht, eine ganze Anzahl von normalen und pathologischen Phänomenen von dieser Verinnerlichung des Destruktionstriebes abzuleiten. Wir haben sogar die Ketzerei begangen, die Entstehung unseres Gewissens durch eine solche Wendung der Aggression nach innen zu erklären. Sie merken, es ist gar nicht so unbedenklich, wenn sich dieser Vorgang in allzu grossem Ausmass vollzieht, es ist direkt ungesund, während die Wendung dieser Triebkräfte zur Destruktion in der Aussenwelt das Lebewesen entlastet, wohltuend wirken muss. Das diene zur biologischen Entschuldigung all der hässlichen und gefährlichen Strebungen, gegen die wir ankämpfen. Man muss zugeben, sie sind der Natur näher als unser Widerstand dagegen, für den wir auch noch eine Erklärung finden müssen. Vielleicht haben Sie den Eindruck, unsere Theorien seien eine Art von Mythologie, nicht einmal eine erfreuliche in diesem Fall. Aber läuft nicht jede Naturwissenschaft auf eine solche Art von Mythologie hinaus? Geht es Ihnen heute in der Physik anders?

Aus dem Vorstehenden entnehmen wir für unsere nächsten Zwecke soviel, dass es keine Aussicht hat, die aggressiven Neigungen der Menschen abschaffen zu wollen. Es soll in glücklichen Gegenden der Erde, wo die Natur alles, was der Mensch braucht, überreichlich zur Verfügung stellt, Völkerstämme geben, deren Leben in Sanftmut verläuft, bei denen Zwang und Aggression unbekannt sind. Ich kann es kaum glauben, möchte gern mehr über diese Glücklichen erfahren. Auch die Bolschewisten hoffen, dass sie die menschliche Aggression zum Verschwinden bringen können dadurch, dass sie die Befriedigung der materiellen Bedürfnisse verbürgen und sonst Gleichheit unter den Teilnehmern an der Gemeinschaft herstellen. Ich halte das für eine Illusion. Vorläufig sind sie auf das sorgfältigste bewaffnet und halten ihre Anhänger nicht zum Mindesten durch den Hass gegen alle Aussenstehenden zusammen. Uebrigens handelt es sich, wie Sie selbst bemerken, nicht darum, die menschliche Aggressionsneigung völlig zu beseitigen; man kann versuchen sie soweit abzulenken, dass sie nicht ihren Ausdruck im Kriege finden muss.

Von unserer mythologischen Trieblehre her finden wir leicht eine Formel für die indirekten Wege zur Bekämpfung des Krieges. Wenn die Bereitwilligkeit zum

Krieg ein Ausfluss des Destruktionstriebs ist, so liegt es nahe, gegen sie den Gegenspieler dieses Triebes, den Eros, anzurufen. Alles, was Gefühlsbindungen unter den Menschen herstellt, muss dem Krieg entgegenwirken. Diese Bindungen können von zweierlei Art sein. Erstens Beziehungen wie zu einem Liebesobjekt, wenn auch ohne sexuelle Ziele. Die Psychoanalyse braucht sich nicht zu schämen, wenn sie hier von Liebe spricht, denn die Religion sagt dasselbe: Liebe deinen Nächsten wie Dich selbst. Das ist nun leicht gefordert, aber schwer zu erfüllen. Die andere Art von Gefühlsbindung ist die durch Identifizierung. Alles was bedeutsame Gemeinsamkeiten unter den Menschen herstellt, ruft solche Gemeingefühle, Identifizierungen, hervor. Auf ihnen ruht zum guten Teil der Aufbau der menschlichen Gesellschaft.

Einer Klage von Ihnen über den Missbrauch der Autorität entnehme ich einen zweiten Wink zur indirekten Bekämpfung der Kriegsneigung. Es ist ein Stück der angeborenen und nicht zu beseitigenden Ungleichheit der Menschen, dass sie in Führer und in Abhängige zerfallen. Die letzteren sind die übergrosse Mehrheit, sie bedürfen einer Autorität, welche für sie Entscheidungen fällt, denen sie sich meist bedingungslos unterwerfen. Hier wäre anzuknüpfen, man müsste mehr Sorge als bisher aufwenden, um eine Oberschicht selbständig denkender, der Einschüchterung unzugänglicher, nach Wahrheit ringender Menschen zu erziehen, denen die Lenkung der unselbständigen Massen zufallen würde. Dass die Uebergriffe der Staatsgewalten und das Denkverbot der Kirche einer solchen Aufzucht nicht günstig sind, bedarf keines Beweises. Der ideale

Zustand wäre natürlich eine Gemeinschaft von Menschen, die ihr Triebleben der Diktatur der Vernunft unterworfen haben. Nichts anderes könnte eine so vollkommene und widerstandsfähige Einigung der Menschen hervorrufen, selbst unter Verzicht auf die Gefühlsbindungen zwischen ihnen. Aber das ist höchst wahrscheinlich eine utopische Hoffnung. Die anderen Wege einer indirekten Verhinderung des Krieges sind gewiss eher gangbar, aber sie versprechen keinen raschen Erfolg. Ungern denkt man an Mühlen, die so langsam mahlen, dass man verhungern könnte, ehe man das Mehl bekommt.

Sie sehen, es kommt nicht viel dabei heraus, wenn man bei dringenden praktischen Aufgaben den weltfremden Theoretiker zu Rate zieht. Besser, man bemüht sich in jedem einzelnen Fall der Gefahr zu begegnen mit den Mitteln, die eben zur Hand sind. Ich möchte aber noch eine Frage behandeln, die Sie in Ihrem Schreiben nicht aufwerfen und die mich besonders interessiert. Warum empören wir uns so sehr gegen den Krieg, Sie und ich und so viele andere, warum nehmen wir ihn nicht hin wie eine andere der vielen peinlichen Notlagen des Lebens? Er scheint doch naturgemäss, biologisch wohl begründet, praktisch kaum vermeidbar. Entsetzen Sie sich nicht über meine Fragestellung. Zum Zweck einer Untersuchung darf man vielleicht die Maske einer Ueberlegenheit vornehmen, über die man in Wirklichkeit nicht verfügt. Die Antwort wird lauten, weil jeder Mensch ein Recht auf sein eigenes Leben hat, weil der Krieg hoffnungsvolle Menschenleben vernichtet, den einzelnen Menschen in Lagen bringt, die ihn entwürdigen, ihn zwingt andere zu morden, was er nicht will, kostbare materielle Werte, Ergebnis von Menschenarbeit, zerstört, u.a. mehr. Auch dass der Krieg in seiner gegenwärtigen Gestaltung keine Gelegenheit mehr gibt, das alte heldische Ideal zu erfüllen, und dass ein zukünftiger Krieg infolge der Vervollkomnung der Zerstörungsmittel die Ausrottung eines oder vielleicht beider Gegner bedeuten würde. Das ist alles wahr und scheint so unbestreitbar, dass man sich nur verwundert, wenn das Kriegführen noch nicht durch allgemeine menschliche Uebereinkunft verworfen worden ist. Man kann zwar über einzelne dieser Punkte diskutieren. Es ist fraglich, ob die Gemeinschaft nicht auch ein Recht auf das Leben des Einzelnen haben soll; man kann nicht alle Arten von Krieg in gleichem Mass verdammen; solange es Reiche und Nationen gibt, die zur rücksichtslosen Vernichtung anderer bereit sind, müssen diese anderen zum Krieg gerüstet sein. Aber wir wollen über all das rasch hinweggehen, das ist nicht die Diskussion, zu der Sie mich aufgefordert haben. Ich ziele auf etwas anderes hin; ich glaube, der Hauptgrund, weshalb wir uns gegen den Krieg empören, ist, dass wir nicht anders können. Wir sind Pazifisten, weil wir es aus organischen Gründen sein müssen. Wir haben es dann leicht, unsere Einstellung durch Argumente zu rechtfertigen.

Das ist wohl ohne Erklärung nicht zu verstehen. Ich meine das Folgende: Seit unvordenklichen Zeiten zieht sich über die Menschheit der Prozess der Kulturentwicklung hin. (Ich weiss, andere heissen ihn lieber: Civilisation). Diesem Prozess verdanken wir das beste, was wir geworden sind, und ein gut Teil von dem, woran wir leiden. Seine Anlässe und Anfänge sind dunkel, sein Ausgang ungewiss, einige seiner Charaktere leicht ersichtlich. Vielleicht führt er zum Erlöschen der Menschenart, denn er beeinträchtigt die Sexualfunktion in mehr als einer Weise, und schon heute vermehren sich unkultivierte Rassen und zurückgebliebene Schichten der Bevölkerung stärker als hochkultivierte. Vielleicht ist dieser Prozess mit der Domestikation gewisser Tierarten vergleichbar; ohne Zweifel bringt er körperliche Veränderungen mit sich; man hat sich noch nicht mit der Vorstellung vertraut gemacht, dass die Kulturentwickelung ein solcher organischer Prozess sei. Die mit dem Kulturprozess einhergehenden psychischen Veränderungen sind auffällig und unzweideutig. Sie bestehen in einer fortschreitenden Verschiebung der Triebziele und Einschränkung der Triebregungen. Sensationen, die unseren Vorahnen lustvoll waren, sind für uns indifferent oder selbst unleidlich geworden; es hat organische Begründungen, wenn unsere ethischen und aesthetischen Idealforderungen sich geändert haben. Von den psychologischen Charakteren der Kultur scheinen zwei die wichtigsten: die Erstarkung des Intellekts, der das Triebleben zu beherrschen beginnt, und die Verinnerlichung der Aggressionsneigung mit all ihren vorteilhaften und gefährlichen Folgen. Den psychischen Einstellungen, die uns der Kulturprozess aufnötigt, widerspricht nun der Krieg in der grellsten Weise, darum müssen wir uns gegen ihn empören, wir vertragen ihn einfach nicht mehr, es ist nicht blos eine intellektuelle und affektive Ablehnung, es ist, bei uns Pazifisten eine konstitutionelle Intoleranz, eine Idiosynkrasie gleichsam in äusserster Vergrösserung. Und zwar scheint es, dass die aesthetischen Erniedrigungen des Krieges nicht viel weniger Anteil an unserer Auflehnung haben als seine Grausamkeiten.

Wie lange müssen wir nun warten, bis auch die Anderen Pazifisten werden? Es ist nicht zu sagen, aber vielleicht ist es keine utopische Hoffnung, dass der Einfluss dieser beiden Momente, der kulturellen Einstellung und der berechtigten Angst vor den Wirkungen eines Zukunftskrieges, dem Kriegführen in absehbarer Zeit ein Ende setzen wird. Auf welchen Wegen oder Umwegen, können wir nicht erraten. Unterdes dürfen wir uns sagen: Alles, was die Kulturentwicklung fördert, arbeitet auch gegen den Krieg.

Ich grüsse Sie herzlich und bitte Sie um Verzeihung, wenn meine Ausführungen Sie enttäuscht haben.

Ihr
Sigm. Freud

Anhang

Zu dieser Ausgabe

Die Texte werden nach den Erstdrucken wiedergegeben:

Sigmund Freud: Zeitgemäßes über Krieg und Tod. In: Imago. Zeitschrift für Anwendung der Psychoanalyse auf die Geisteswissenschaften. Hrsg. von Sigmund Freud. Red. von Otto Rank und Hanns Sachs. Jg. 4. 1915. Nr. 1. S. 1–21.

Albert Einstein / Sigmund Freud: Warum Krieg? [Internationales Institut für geistige Zusammenarbeit, Völkerbund, 1933. Numerierte Auflage von 2000 Exemplaren. Gedruckt bei Imprimerie Darantière, Dijon (Frankreich), März 1933.] – Mit Genehmigung von The Albert Einstein Archives, The Hebrew University of Jerusalem, Israel.

Die Texte blieben in Orthographie und Interpunktion, sowie in der Gestaltung der von Freud formulierten Anmerkungen, unverändert; korrigiert wurden lediglich folgende Schreib- und Interpunktionsversehen:

18,13 Menschen, die] Menschen die
41,14 f. solche zynischen Witze] solche zynische Witze
49,28 Waffenherstellung und -handel] Waffenherstellung und handel
57,17 Rechtsunruhe, aber auch] Rechtsunruhe aber auch
57,22 bereit, dieser] bereit dieser
62,6 Aggressionstrieb] Agressionstrieb
64,25 Aggression] Agression
69,30 konstitutionelle] konstitutionnelle
70,8 Zukunftskrieges, dem] Zukunftskrieges dem

Anmerkungen

Zeitgemäßes über Krieg und Tod

7,5 *Witterung:* Gespür für etwas.

9,30f. *»fremd« und »feindlich« ... wie noch im klassischen Altertum:* Für die Griechen der klassischen Antike stand das Wort *xénos* sowohl für den Fremden und Ausländer als auch für den Feind.

10,24 *Kompatrioten*: Mitbürger, Landsleute.

10,31f. *»Parnaß« ... »Schule von Athen«:* Der Parnass, ein Gebirgsstock in Mittelgriechenland unweit des Heiligtums von Delphi, war gemäß der griechischen Mythologie dem Gott Apollon geweiht und galt als Sitz der Musen. Auf einem berühmten Fresko Raffaels (1483–1520) in der *Stanza della Segnatura* im Vatikan, entstanden um 1510, wird ein Gesamtpanorama der Kunst entworfen, mit Apollon und den neun Musen im Mittelpunkt. Auch bei späteren Malern, etwa bei Nicolas Poussin (1594–1665) und Anton Raphael Mengs (1728–1779), war das Parnass-Sujet beliebt. Die Schule von Athen gehört demselben Freskenzyklus des Raffael im Vatikan an und zeigt berühmte antike Philosophen wie Pythagoras, Heraklit, Sokrates, Platon, Aristoteles, Diogenes und Epikur. Im übertragenen Sinne sind mit dem Parnass und der Schule von Athen jene imaginären Orte gemeint, an denen höchstes Künstlertum und höchste Geistigkeit versammelt sind. In seiner *Traumdeutung* (1900) verwendete Freud beide Bilder, um Techniken der Traumarbeit auszuführen.

11,6 *Zunge:* hier: Sprache.

11,23 *Amphiktyonien:* Amphiktyonie: in der Antike eine religiöse Gemeinschaft oder ein Bund von griechischen

Stämmen oder Städten, die in der Nähe des Heiligtums eines Gottes angesiedelt waren und sich um den gemeinsamen Kultus kümmerten. Untereinander existierten bestimmte Regeln und Verbote, wie etwa das, eine dem Bund angehörende Stadt im Konfliktfall zu zerstören. Der bekannteste solcher Bünde war der von Delphi, der um das Apollon-Heiligtum von Delphi und den Demeter-Tempel bei den Thermopylen zentriert war.

13,3–5 *daß eine der großen Kulturnationen so allgemein mißliebig ist:* Während des Ersten Weltkriegs versuchte vor allem die britische Propaganda, den deutschen Kriegsgegner als zivilisatorisch rückständig und die Deutschen insgesamt als »Hunnen« und »Barbaren« darzustellen. Freud verschweigt in diesem Zusammenhang, dass die Deutschen umgekehrt den Briten die Befähigung zur Kultur absprachen und sie herablassend als »Händler« (im Gegensatz zu den deutschen »Helden«) titulierten, denen es nur ums Geschäft gehe. Vgl. dazu Peter Watson, *Der deutsche Genius. Eine Geistes- und Kulturgeschichte von Bach bis Benedikt XVI.*, München 2010, S. 552ff.

13,8f. *leben der Hoffnung*: leben für die Hoffnung.

21,7 *gleichgiltig:* gleichgültig.

22,11 *Kompatrioten:* s. Anm. zu 10,24.

22,26 *Sukzession:* Abfolge.

23,3 *Plastizität:* Formbarkeit.

25,13 *Falstaffs Wort:* »Wenn Gründe so gemein wären wie Brombeeren, so sollte mir doch keiner mit Gewalt einen Grund abnötigen, nein!« William Shakespeare, *König Heinrich IV.*, Erster Teil, II,4.

26,11f. *rationalisieren:* geistige Tätigkeit, die bestrebt ist, einer an sich unverständlichen oder sinnlosen Sache im nachhinein eine vernünftige, rationale Seite, d.h. einen Sinn abzugewinnen.

27,9 *der Natur einen Tod schulde*: Freud spielt erneut auf Shakespeares *Heinrich IV.* an, hier auf V,1, Hal zu Falstaff: »Du bist Gott einen Tod schuldig«.

28,24f. *De mortuis nil nisi bene:* (lat.) ›Über Verstorbene soll man nichts als Gutes reden‹. Der Spruch wird Chilon von Sparta, einem der Sieben Weisen der griechischen Antike, zugeschrieben und wird zuerst in der Geschichte der griechischen Philosophie des Gelehrten Diogenes Laërtius (3. Jh. n. Chr.) erwähnt.

29,7 *eine Art von Asra:* Asra: ein arabischer Stamm; vermutlich spielt Freud hier auf die Ballade *Der Asra* von Heinrich Heine an. Deren letzte Strophe lautet: »Und der Sklave sprach: Ich heiße / Mohamet, ich bin aus Yemmen, / Und mein Stamm sind jene Asra, / Welche sterben, wenn sie lieben« (Heine, *Sämtliche Gedichte*, hrsg. von Bernd Kortländer, Stuttgart 1997 [u. ö.], S. 518f.).

29,30f. *Wahlspruch der Hansa:* Der aus der Antike überlieferte Satz geht auf den griechischen Spruch »Pleîn anánkê, zên ouk anánkê« (»Seefahren ist notwendig, Leben ist nicht notwendig«) zurück. Der römische Feldherr Pompeius Magnus (106–48 v. Chr.) soll ihn dem Schriftsteller Plutarch (45–125 n. Chr.) zufolge seinen Soldaten zugerufen haben, als sie sich weigerten, bei Sturm auf die Schiffe zu gehen.

32,22 *W. Robertson Smith:* William Robertson Smith (1846–1894), schottischer Theologe und Professor für Altes Testament, später Professor für Arabisch in Cambridge. Mit seinem Buch *The Religion of the Semites* (1889; *Die Religion der Semiten*) machte er sich einen bedeutenden Namen als Religionswissenschaftler.

32,22f. *Atkinson:* James Jasper Atkinson lebte in der zweiten Hälfte des 19. Jahrhunderts und verbrachte offenbar den größten Teil seines Lebens in der französischen

Kolonie Neukaledonien vor der Ostküste Australiens. Überliefert ist von ihm die anthropologische Studie *Primal Law*, die zusammen mit der Arbeit über *Social Origins* von Andrew Lang 1903 veröffentlicht wurde. In seinem Werk *Totem und Tabu* (GW IX) bezieht sich Freud zweimal zustimmend auf Atkinson.

32,23 *Ch. Darwin:* Charles Darwin (1809–1882), britischer Naturforscher und Begründer der modernen Evolutionstheorie. Zu seinen einflussreichsten Werken zählen *On the Origin of Species by Means of Natural Selection* (1859; *Die Entstehung der Arten durch natürliche Zuchtwahl*) und *The Descent of Man* (1871; *Die Abstammung des Menschen*).

32,28 *Regel der Talion:* Das Talionsgesetz (von lat. *ius talionis* ›Recht zur Vergeltung‹) geht auf altorientalische und alttestamentliche Rechtsvorstellungen zurück, nach denen Übergriffe auf Leben und Eigentum anderer durch den Täter oder die Tätergruppe angemessen gesühnt und vergolten werden müssen. Entgegen der nicht seltenen Auffassung, das Talionsprinzip beinhalte blinde Rache für geschehenes Unrecht, d.h. die Anweisung an das Opfer, Gleiches mit Gleichem zu vergelten (»Auge um Auge, Zahn um Zahn«), ist sich die historisch-kritische Lesart der Talionsregel darin einig, dass diese eher auf einen angemessenen Schadensersatz für erlittenes Unrecht und insofern auf die Eindämmung der im Alten Orient verbreiteten Blutrache zielt.

33,29 *Vgl. diese Zeitschr. Bd. II. 1913*: »Über einige Übereinstimmungen im Seelenleben der Wilden und der Neurotiker. IV: Die infantile Wiederkehr des Totemismus«, in: *Imago* 2 (1913) Nr. 4, S. 357–408.

33,21 *Siehe diese Zeitschr. Bd. I. 1912*: »Über einige Übereinstimmungen im Seelenleben der Wilden und der Neurotiker. II: Das Tabu und die Ambivalenz der Gefühlsregungen«, in: *Imago* 1 (1912) Nr. 3, S. 213–227 und Nr. 4, S. 301–333.

35,11–25 *Denn dich … beherrschen:* hier in der Übersetzung von Johann Heinrich Voß (1781).

35,27f. *in der … Fassung von H. Heine:* Es handelt sich um die Schlusszeilen von Heinrich Heines Gedicht »Erstorben ist in meiner Brust« (1850), das er dem Gedichtkreis »Lazarus« innerhalb seines Gedichtzyklus *Romanzero* zugeordnet hatte (eine spätere Bearbeitung des Gedichts, die diese Schlusszeilen nicht enthält, trägt den Titel »Der Scheidende«; Heine – s. Anm. zu 29,7 –, S. 825 und Anm. S. 1058).

36,1 *Philister:* hier: Spießbürger.

36,2 *Stuckert*: Bezeichnung der Stadt Stuttgart im schwäbischen Dialekt.

36,4 *Pelide:* Gemeint ist Achill (Sohn des Peleus), griechischer Held aus Homers *Ilias*.

37,18 *ob seiner Blutschuld:* wegen seiner Blutschuld.

38,30f. *Vgl. die glänzende Argumentation von Frazer in dieser Zeitschr., Bd. III. p. 377:* hier fehlerhaft, Freud meint eigentlich *Imago* 2 (1913) Nr. 4, S. 377, »Die infantile Wiederkehr des Totemismus«. Dort zitiert er, in eigener Übersetzung, aus James George Frazers (1854–1941) Werk *Totemism and Exogamy* (London 1910), Bd. 4, S. 97f.: »Es ist nicht leicht einzusehen, warum ein tief wurzelnder menschlicher Instinkt die Verstärkung durch ein Gesetz benötigen sollte. Es gibt kein Gesetz, welches dem Menschen befiehlt zu essen und zu trinken, oder ihnen verbietet, ihre Hände ins Feuer zu stecken. Die Menschen essen und trinken und halten ihre Hände vom Feuer weg, instinktgemäß, aus Angst vor natürlichen und nicht vor gesetzlichen Strafen, die sie sich durch Beleidigung dieser Triebe zuziehen würden. Das Gesetz verbietet dem Menschen nur, was sie unter dem

Drängen ihrer Triebe ausführen könnten. Was die Natur selbst verbietet und bestraft, das braucht nicht erst das Gesetz zu verbieten und zu strafen. Wir dürfen daher auch ruhig annehmen, daß Verbrechen, die durch ein Gesetz verboten werden, Verbrechen sind, die viele Menschen aus natürlichen Neigungen gerne begehen würden. Wenn es keine solche Neigung gäbe, kämen keine solchen Verbrechen vor, und wenn solche Verbrechen nicht begangen würden, wozu brauchte man sie zu verbieten? Anstatt also aus dem gesetzlichen Verbot des Inzests zu schließen, daß eine natürliche Abneigung gegen den Inzest besteht, sollten wir eher den Schluß ziehen, daß ein natürlicher Instinkt zum Inzest treibt, und daß, wenn das Gesetz diesen Trieb wie andere natürliche Triebe unterdrückt, dies seinen Grund in der Einsicht zivilisierter Menschen hat, daß die Befriedigung dieser natürlichen Triebe der Gesellschaft Schaden bringt.«

39,6 f. *Zusicherung des Anzengruber'schen Steinklopferhanns:* Ludwig Anzengruber (1839–1889), österreichischer Schriftsteller, 1872 in seinem Stück *Der Kreuzelschreiber*: »Es kann Dir nix g'sche'n! [...] Du g'hörst zu dem All'n und dös All' g'hört zu Dir!« Freud führte den Text mehrfach an, etwa auch in *Der Dichter und das Phantasieren* (vgl. *»Der Dichter und das Phantasieren«. Schriften zur Kunst und Kultur*, hrsg. von Oliver Jahraus, Stuttgart 2010, S. 108, 14 f./35 und S. 275).

39,31 f. *die alte athenische Gesetzgebung des Drakon:* Freud scheint hier die landläufige Auffassung zu vertreten, daß sich mit dem Namen des Drakon vor allem die Todesstrafe, d. h. die härteste aller Strafen (»drakonische Strafe«), verbindet. Demgegenüber muss betont werden, dass Drakon, der in der zweiten Hälfte des 7. Jahrhunderts v. Chr. in Athen wirkte, eine Rechtskultur einführte, deren Sinn und Absicht es war, zwischen Tötungsdelikten – vorsätzlicher, unabsichtlicher, gerechtfertigter Tötung – zu unterscheiden und so unterschiedliche Rechtsfolgen festzulegen. Insgesamt steht die drakonische Gesetzgebung für die Einschränkung einer privaten Gewaltkultur (Blutrache) und für die Anfänge institutionalisierter Rechtsprechung.

40,4 *crimen laesae majestatis:* (lat.) Majestätsbeleidigung.

40,28 f. *Im »Père Goriot« spielt Balzac auf eine Stelle in den Werken J. J. Rousseaus an:* Die Stelle lautet in der deutschen Übersetzung (in Balzacs Roman trifft Rastignac seinen Freund, den Studenten Bianchon): »Hast du Rousseau gelesen?« / »Ja.« / »Erinnerst du dich an die Stelle, wo er den Leser fragt, was er täte, wenn er reich werden könnte, indem er allein durch seine Willenskraft, ohne sich aus Paris wegzurühren, in China einen alten Mandarin tötete?« / »Ja.« / »Nun, und?« / »Pah! Ich bin schon bei meinem fünfunddreißigsten Mandarin« (Honoré de Balzac, *Vater Goriot*, übers. von Elisabeth Kuhs, Stuttgart 1988, S. 157). Tatsächlich findet sich eine solche Passage aber nur in François-René Chateaubriands *Génie du christianisme* von 1802 – mit völlig anderer Aussage. Chateaubriand führt dort, im sechsten Buch »Unsterblichkeit der Seele, bewiesen aus der Moral und dem Gefühl« im zweiten Kapitel »Von der Reue und dem Gewissen«, aus, dass auch dann, wenn ich mir vorstellen würde, »der Tod sei eine Wohltat« für den Mandarin, »er wünsche ihn selbst und habe nicht mehr als einen Augenblick zu leben«, trotz dieser »eitlen Ausflüchte« ich »im Grunde meines Herzens eine Stimme« hören würde, »die sich so stark gegen den bloßen Gedanken einer solchen Voraussetzung vernehmen läßt, daß ich keinen Augenblick an der Realität eines Gewissens zweifeln kann« (Chateaubriand, *Geist des Christentums oder Schönheiten der Religion*, Berlin 2004, S. 169)

40,30 *Vgl. über »Allmacht der Gedanken«:* John T. McCurdy, »Die Allmacht der Gedanken und die Mutterleibsphantasien in den Mythen von Hephästos und einem Roman von Bulwer Lytton«, in: Imago 3 (1914) Nr. 4, S. 382–400.

41,7 *Tuer son mandarin:* (frz.) seinen Mandarin töten.

43,21 *die Wahrheit fatieren:* die Wahrheit bekennen.

Briefwechsel mit Albert Einstein

49,7 *Exekution*: hier: Ausführung.

49,18 *paralysieren:* lähmen.

51,4 *Massensuggestionen*: der Versuch, einer Menschenmasse durch gezielte Beeinflussung bestimmte Meinungen einzureden.

53,17 *Inkompetenz:* Unfähigkeit.

53,22 *Fridtjof Nansen:* norwegischer Polarforscher, Zoologe und Ozeanograph (1861–1930), durchquerte 1888 Grönland von Osten nach Westen und stieß 1895 fast bis zum Nordpol vor. Für seine Hilfsaktionen für das hungernde Sowjetrussland als Hochkommissar des Völkerbunds erhielt er 1922 den Friedensnobelpreis.

54,26 *Komplikation:* Verwicklung, Erschwernis.

55,30 *L'union fait la force:* (frz.) Einigkeit macht stark.

57,19 *giltigen:* gültigen.

59,2 *pax romana:* (lat.) römischer Frieden. Die Pax Romana ist ein Aspekt der Herrschaftsideologie des Römischen Reiches seit Augustus, der den Bürgerkrieg beendete und so den inneren Frieden wiederherstellte. Die Pax Romana, identisch mit der Pax Augusta, garantierte gleichzeitig die Sicherheit der äußeren Grenzen des Reiches gegenüber seinen Nachbarn und Feinden.

59,6 f. *Herstellung des ersehnten »ewigen« Friedens:* Freud spielt hier auf Immanuel Kants (1724–1804) berühmte Schrift *Zum ewigen Frieden* aus dem Jahre 1795 an.

59,31 *Völkerbund:* Vorgänger der Vereinten Nationen (United Nations Organization, UNO), mit Sitz in Genf, der 1920 kurz nach dem Ersten Weltkrieg gegründet und 1946 wieder aufgelöst wurde (die USA waren nie Mitglied, da sie die Versailler Verträge nicht ratifiziert hatten). Beschlüsse mussten im Völkerbund einstimmig gefasst werden, der Bund war deshalb relativ machtlos.

60,24 *Amphiktyonien:* s. Anm. zu 11,23.

60,22 *panhellenische:* allen griechischen Stämmen gemeinsame.

60,28 *Partikeln:* hier: einzelnen Teilen.

60,31 *Perserfeind:* Im frühen 5. Jahrhundert v. Chr. versuchten die Großkönige des Perserreichs in mehreren militärischen Aktionen vergeblich, Griechenland zu unterwerfen.

61,9 *bolschewistischen:* »Bolschewiki« (russ., ›Mehrheitler‹) nannte sich eine straff organisierte Fraktion der Sozialdemokratischen Arbeiterpartei Russlands, die aus Berufsrevolutionären bestand und eine Revolution in Russland vorbereiten wollte. 1903 spaltete sich die Partei in die »Bolschewiki« und die »Menschewiki« (›Minderheitler‹). »Bolschewistisch« steht hier für »kommunistisch« bzw. für das Ziel der Abschaffung des Kapitalismus.

61,21 *glossieren:* erläutern, kommentieren.

62,2 f. *ganz im Sinne des Eros im Symposion Plato's:* Im *Symposion* (Gastmahl), dem berühmtesten Dialog des griechischen Philosophen Platon (428/427–348/347 v. Chr.), nimmt Eros eine zentrale Stellung ein, indem er zur Erkenntnis und schließlich zur Idee des Schönen führt. Eros steht für das, was Menschen im positiven

Sinne miteinander verbindet und sie ihr Einssein erfahren lässt.

62,18 f. *ist ... legiert:* ist ähnlich wie verschiedene Metalle miteinander verschmolzen. Im weiteren Sinne meint »legieren«, eine Sache mit einer anderen zu verbinden.

63,7 *Prof. G. Ch. Lichtenberg:* Georg Christoph Lichtenberg (1742–1799), bedeutender deutscher Physiker und Schriftsteller der Aufklärung, der sich durch seine Forschungen auf dem Gebiet der Elektrizitätslehre, Astronomie, Geophysik und Meteorologie hervortat, aber vor allem als großer Aphoristiker u. a. durch seine von ihm so genannten »Sudelbücher« wirkte. Das Zitat stammt aus Sudelbuch D (Nr. 370) und überträgt die 32 Einteilungen der Windrose auf eine kleine Motivationslehre: Wie »Nord-Nord-Ost« könne man »Brot-Brot-Ruhm« als Festlegung einer bestimmten Richtung verwenden.

63,28 f. *Grausamkeiten der hl. Inquisition:* Die Inquisition (von lat. *inquisitio* ›Ausforschung, Untersuchung‹) war eine von der römischen Kirche eingesetzte gerichtliche Instanz zur Aufspürung und Verfolgung von Ketzern oder vermeintlichen Ketzern. In einigen katholischen Ländern wie Spanien und Italien existierte sie bis ins 19. Jahrhundert. Ihre Methoden, um auf diese Weise den wahren Glauben gegen Irrglauben zu schützen, galten als besonders grausam und brutal.

64,21 f. *pathologischen:* krankhaften.

65,18 *Bolschewisten:* s. Anm. zu 61,9.

68,29 f. *Ich weiss, andere heissen ihn lieber Civilisation:* Freud thematisiert hier einen Gegensatz, der im frühen 20. Jahrhundert semantisch und ideologisch erheblich aufgeladen war. Während im anglo- und frankophonen Sprachbereich *civilisation* der übliche Begriff zur Charakterisierung der fortschrittlichsten westlichen Gesellschaften war, zog man es im deutschen Sprachraum, vor allem in den sogenannten gebildeten Kreisen, vor, denselben Sachverhalt als »Kultur« zu beschreiben. Hinter dem Begriff »Kultur« verbarg sich freilich mehr als nur ein abweichender Begriff, sollte dieser doch nahelegen, daß Kultur gleichsam tiefer und innerlicher sei als die angeblich bloß oberflächliche und seichte Zivilisation, die man Franzosen, Briten und Amerikanern unterstellte. Freud war sich dieses Gegensatzes offenbar sehr wohl bewusst. Vgl. dazu Heinrich August Winkler, *Der lange Weg nach Westen*, Bd. 1, München 2000, S. 340.

69,7 *Domestikation:* Zähmung.

69,30 *konstitutionelle Intoleranz:* anlagebedingte Unduldsamkeit.

69,30f. *Idiosynkrasie:* Überempfindlichkeit, angeborener Widerwille.

Nachwort

Ein patriotischer Universalist

Wie für die meisten seiner Zeitgenossen bedeutete der Ausbruch des Ersten Weltkriegs auch für Sigmund Freud einen tiefen Einschnitt. Für die Bevölkerung der Donaumonarchie war eine lange Prosperitäts- und Friedensepoche zu Ende gegangen, die die Spannungen, die den Vielvölkerstaat unter der Herrschaft der Habsburger latent bedrohten, noch notdürftig zu übertünchen vermocht hatte. Als im August 1914 Europa in den Krieg taumelte, fand sich Österreich-Ungarn als Kriegspartei an der Seite des Deutschen Reiches wieder – nur unzureichend gerüstet für eine Auseinandersetzung, an deren Ende das Auseinanderbrechen der k. u. k. Monarchie stand.

Als Privatperson reagierte Freud zunächst auf den Krieg wie nicht wenige seiner Zeitgenossen, d. h. durchaus nationalistisch. In den Briefen aus jener Zeit finden sich verstreute Bemerkungen, die darauf hinweisen, dass Freud bereit war, sich mit dem Kriegsschicksal seines Vaterlandes zu identifizieren. So heißt es etwa in einem Brief an seinen ungarischen Schüler und Freund Sándor Ferenczi, er habe »plötzlich Libido für A[ustria]-U[ngarn] mobilisiert«[1]: »Ich fühle mich […] vielleicht zum ersten Mal seit 30 Jahren als Österreicher und möchte es noch einmal mit diesem wenig hoffnungsvollen Reich versuchen.«[2] Auch an das verbündete Deutschland verteilte er allerhand Vorschusslorbeeren, vor allem in militärischer Hinsicht. Umgekehrt betrachtete er seinen Schüler – und späteren Biographen –

1 Freud/Ferenczi II/1, S. 66.
2 Freud/Abraham, S. 180.

Ernest Jones, der als Brite zur Allianz der Kriegsgegner Österreichs und Deutschlands gehörte, nunmehr, wenn auch ironisch, als »Feind«[3]. In einem Anfall von Chauvinismus ging er sogar so weit, Jones »die Borniertheit des Engländers« vorzuwerfen[4], weil der es in einem Brief an ihn gewagt hatte, Deutschlands Fähigkeit zum militärischen Sieg infrage zu stellen.

Es dauerte noch eine Weile, bis Freuds Kriegseuphorie verflogen war und zunehmender Skepsis Platz machte. Diese Skepsis fand Nahrung in der rasch sichtbar werdenden Tatsache, dass die k.u.k. Armeen bereits mit Serbien erhebliche militärische Schwierigkeiten hatten, von der russischen Front ganz zu schweigen, so dass Freud nicht zu Unrecht vermutete, dass »der hohe Verbündete«, Deutschland, »uns heraushauen« müsse[5]. Was Freud neben dem Umstand, dass ihm in seiner psychoanalytischen Privatpraxis nach und nach die Patienten wegblieben, indessen am meisten beschäftigte und seine patriotischen Gefühle zunehmend abkühlte, war die beunruhigende Tasache, dass nicht nur seine engsten Mitarbeiter, sondern auch seine »drei Krieger«[6], die Söhne Martin, Oliver und Ernst, immer mehr in die Kriegsgeschehnisse hineingezogen wurden. Im Mai 1917 bezeichnete er den Krieg unumwunden als »Unglück«[7]. Es machten sich nun auch deutliche kriegsbedingte Mangelerscheinungen aufgrund rationierter Nahrungs- und Heizmittel bemerkbar, die auch Freud und seine Familie betrafen. Im November 1918, als die vollständige Niederlage der Mittelmächte nicht mehr zu leug-

3 Gay, S. 396.
4 Freud/Ferenczi II/1, S. 86.
5 Ebd., S. 66.
6 Ebd., S. 142.
7 Freud/Abraham, S. 238.

nen war, schrieb er an Ferenczi: »In Deutschland wird es nach meiner Erwartung furchtbar zu tagen beginnen. [...] Und überdies wird dort Widerstand geleistet werden, blutiger Widerstand. Der Wilhelm ist ein unheilbarer romantischer Narr, er verrechnet sich mit der Revolution genauso wie eben mit dem Krieg. [...] Bei Altösterreichs Untergang konnte ich nur hohe Befriedigung empfinden. [...] Die Habsburger haben nichts als einen Dreckhaufen hinterlassen.«[8]

So unverblümt Freud im privaten Kreis sich äußerte, so entschieden widerstrebte es ihm, als Person der Öffentlichkeit in den Ruf parteilicher Voreingenommenheit und politischer Distanzlosigkeit zu geraten. Als Mann der Wissenschaft hielt er es für unvertretbar, den Krieg zu verherrlichen, wie es viele seiner Kollegen taten. In jener Schrift, die im vorliegenden Band abgedruckt ist, beklagt ihr Autor gleich zu Beginn die Verwirrtheit, die so viele Intelligenzen angesichts des Krieges erfasst habe: »Selbst die Wissenschaft hat ihre leidenschaftslose Unparteilichkeit verloren; ihre aufs tiefste erbitterten Diener suchen ihr Waffen zu entnehmen, um einen Beitrag zur Bekämpfung des Feindes zu leisten. Der Anthropologe muß den Gegner für minderwertig und degeneriert erklären, der Psychiater die Diagnose seiner Geistes- und Seelenstörung verkünden« (S. 7). Der Krieg, so Freud in der 1916 publizierten Notiz über »Vergänglichkeit«, »beschmutzte die erhabene Unparteilichkeit unserer Wissenschaft, stellte unser Triebleben in seiner Nacktheit bloß, entfesselte die bösen Geister in uns, die wir durch die Jahrhunderte währende Erziehung [...] dauernd gebändigt glaubten.«[9] Mit dem Historiker und Freud-Experten José Brunner kann man zusam-

8 Freud/Ferenczi II/2, S. 185 ff.
9 Freud, *Vergänglichkeit*, S. 360.

menfassen, dass Freud in seiner Haltung zum Krieg eine strikte Trennung von privatem Nationalismus und öffentlichem Universalismus praktizierte. Diese öffentlich vertretene Haltung brachte ihn in direkten Gegensatz zur national festgelegten Rhetorik anderer Gelehrter aus Medizin und Psychiatrie.[10] Von den österreichischen Behörden wurde Freuds Schrift denn auch als politisch derart anstößig empfunden, dass die Kriegszensur den Nachdruck in literarischen Zeitschriften verhinderte.[11]

Die Schrift *Zeitgemäßes über Krieg und Tod*

Der kleine Text, entstanden und publiziert im zweiten Kriegsjahr 1915, ist keine psychoanalytische Schrift im engeren und nicht einmal im weiteren Sinne. Dass sie gleichwohl ihre psychoanalytischen Widerhaken hat und somit die unverwechselbare Handschrift Freuds trägt, wird schnell deutlich. Zunächst aber präsentiert sich der zweiteilige Essay als ein durchaus populäres Stück Aufklärung, adressiert an ein Publikum, das durch die Geschehnisse des Krieges ebenso irritiert war wie Freud selbst: »Ich meine, ihm wird jeder kleine Wink willkommen sein, der es ihm erleichtert, sich wenigsten in seinem eigenen Innern zurechtzufinden« (S. 7).

Freud beginnt mit dem Eingeständnis, für den »Kulturweltbürger« (S. 8) sei es enttäuschend, mitansehen zu müssen, wie zivilisierte Nationen wie Deutschland, Österreich-Ungarn, Russland, Frankreich, Großbritannien einen gnadenlosen Krieg gegeneinander führen. Eigentlich habe man geglaubt, derlei sei zwar zwischen primitiven

10 Brunner, S. 162.
11 Vgl. Anz, S. 189f.

Völkern oder zwischen verschiedenen Rassen und Hautfarben möglich, aber doch nicht zwischen jenen »weltbeherrschenden Nationen weißer Rasse, denen die Führung des Menschengeschlechtes zugefallen ist« (S. 8).

Dies sei nun aber leider nichts als eine Illusion. »Illusionen empfehlen sich uns dadurch, daß sie Unlustgefühle ersparen und uns an ihrer Statt Befriedigung genießen lassen« (S. 15). Den Luxus einer solchen Illusion lässt Freud schon aus Wahrhaftigkeitsgründen nicht gelten. Psychologisch betrachtet ist jedes Individuum elementaren Triebregungen ausgesetzt, die auf Befriedigung ursprünglicher Bedürfnisse zielen und an sich weder gut noch böse sind. Das, was beim erwachsenen Individuum etwa als »gut« imponiert, ist Freud zufolge das Resultat innerer und äußerer Einflüsse auf das individuelle Triebschicksal: Der innere Faktor besteht in der Umwandlung der »bösen« oder eigensüchtigen Triebe mittels der erotischen Komponente in soziale Triebe; der äußere Faktor leitet sich aus den Anforderungen der Erziehung und den Ansprüchen der kulturellen Umgebung, des »Kulturmilieus« ab. »Kultur«, so lautet seine zentrale Hypothese, »ist durch Verzicht auf Triebbefriedigung gewonnen worden und fordert von jedem neu Ankommenden, daß er denselben Triebverzicht leiste« (S. 18). Zugleich aber konstatiert er im Sinne seiner frühen Triebtheorie, die den Schicksalen des Sexualtriebes und der »kulturellen« Sexualmoral nachgeht[12], dass ein solch dauerhafter Verzicht die meisten Menschen überfordert. Zu viel kulturell abverlangter Verzicht, etwa in sexuellen Dingen, aber auch im Umgang mit Aggressionen macht in der Regel psychisch krank, neurotisch. Deshalb beruht die »Kultureignung« der Mehrzahl der Individuen letztlich auf einer »Art von Heuchelei«: Es gebe »ungleich

12 Vgl. Freud, *Die »kulturelle« Sexualmoral.*

mehr Kulturheuchler als wirklich kulturelle Menschen, ja man kann den Standpunkt diskutieren, ob ein gewisses Maß von Kulturheuchelei nicht zur Aufrechterhaltung der Kultur unerläßlich sei« (S. 21).

Kultur bzw. Zivilisation, so belehrt Freud sich und sein Publikum, besteht nur aus einer dünnen Schicht, die notdürftig überdeckt, dass unter ihrer Oberfläche Kräfte am Werk sind, die jederzeit durchzubrechen und sich Geltung zu verschaffen drohen. So zeige die Deutung von Träumen, »daß wir mit jedem Einschlafen unsere mühsam erworbene Sittlichkeit wie ein Gewand von uns werfen – um es am Morgen wieder anzutun« (S. 23). Diese Wandelbarkeit und Plastizität des Seelenlebens, d.h. die Fähigkeit, von einem psychischen Zustand in einen anderen überzuwechseln, geht Freud zufolge hauptsächlich in eine Richtung, d.h. von einem späteren zurück zu einem früheren, archaischen Zustand, für den der Begriff »Regression« steht (S. 23). Der Rückgang auf einen älteren psychischen Zustand ist deshalb möglich, weil, so Freud, »das primitive Seelische [...] im vollsten Sinne unvergänglich« ist (S. 23). Alle unsere zivilisatorischen Errungenschaften sind jederzeit gefährdet, da der Krieg, wie sich zeigt, zu jenen »Einwirkungen des Lebens« (S. 24) gehört, die beim Individuum die Neigung zur Regression befördern und beschleunigen und so dafür sorgen, dass Menschen, die ›an sich‹ friedfertig und kultiviert sind, plötzlich alle Hemmungen verlieren und einander umbringen.

In *Zeitgemäßes über Krieg und Tod* geht es Freud also nicht zuletzt darum, den kulturell domestizierten Individuen die Illusion einer primären, gleichsam natürlichen »Kultureignung« (S. 18) zu nehmen. Kultur ist, psychogenetisch gesehen, das Schwierigste und Letzte, das zu erwerben die Menschen imstande sind. Und sie befindet sich dort, wo sie sich einmal etabliert hat, stets auf schwankendem Grund. Alle wissenschaftlichen und technischen Triumphe, alle Errungenschaften rationaler Naturbeherrschung, alle moralischen Fortschritte können nicht verhindern, dass ständig ein Rückfall in Barbarei und Gewalt droht. Deshalb warnt Freud vor einer Überschätzung der intellektuellen Fähigkeiten des Menschen; diese seien nichts als »Spielball und Werkzeug unserer Triebneigungen und Affekte«[13]. Genau dieses Motiv durchzieht das Freudsche Werk von der *Traumdeutung* (1900) bis zu *Das Unbehagen in der Kultur* (1930) wie ein roter Faden und weist darauf hin, dass die Quellen dieses Werkes nicht nur im Physikalismus und Rationalismus des wissenschafts- und fortschrittsgläubigen 19. Jahrhunderts zu suchen sind, sondern ebenso sehr vernunftkritisch ausgerichtet sind.[14]

Wie stellte sich Freud aber das Verhältnis von Kultur und Gewalt generell vor? So sehr auf der einen Seite der kulturelle Fortschritt der Menschheit dazu taugen soll, Aggression und Gewalt in den Beziehungen der Individuen untereinander zurückzudämmen, so sehr besteht er auf der anderen Seite darauf, dass die psychische Disposition zur Gewalt nie verschwindet, sondern jederzeit aktiviert werden kann. Der optimistischen Annahme des Soziologen Norbert Elias, der Prozess der Zivilisation führe allmählich und auf längere Sicht zu einem Rückgang roher Gewalt[15], würde Freud, hätte er sie gekannt, kaum zugestimmt haben. Zu erdrückend ist für ihn das historische und ethnologische Material dafür, dass der Zivilisationsprozess eben nicht die Pazifizierung von Gesellschaften zur Folge hat.[16]

13 Zit. nach Jones II, S. 434.
14 Vgl. Marquard.
15 Vgl. Elias.
16 Vgl. Duerr.

Krieg und Tod gehören untrennbar zusammen. Doch wie steht der von Freud so genannte »Kulturmensch« zum Tod? Dessen Verhältnis zum Tod ist vor allem von Unaufrichtigkeit geprägt. Eigentlich glaubt niemand an den eigenen Tod – unbewusst ist jeder von seiner eigenen Unsterblichkeit überzeugt, und zwar deshalb, so Freuds scharfsinnige Beobachtung, weil dem Todesglauben »nichts Triebhaftes in uns« entspricht (S. 38). Dies ist ein Gedanke von verblüffender Aktualität: Die moderne Medizin und die modernen Biowissenschaften, die so grandiose Fortschritte zu verzeichnen haben, berühren mit ihrem Versprechen einer potentiellen Unsterblichkeit des Individuums genau jenen heiklen Punkt – dass dem Todesglauben »nichts Triebhaftes« entspricht. Das Triebhafte in uns strebt vielmehr nach dem Leben, nach Lebensverlängerung und schließlich nach Lebensverewigung. Der Gedanke an den Tod bleibt im Vergleich dazu leer und abstrakt.

Der Mensch neigt dazu, so Freud, den Tod als einen Einbruch des Zufalls in das Leben, nicht aber als eine eigene Notwendigkeit zu betrachten. Diese konventionelle Einstellung zum Tod hat allerdings eine dramatische Konsequenz: Wird der Tod von der gesamten Kultur verleugnet, verliert das Leben selbst an Wert und Intensität, denn wo nicht mehr der höchste Einsatz gilt, wo also das Leben nicht mehr gewagt wird, muss dieses arm, schal und gehaltlos werden »wie etwa ein amerikanischer Flirt« (S. 29). Erst die brutale Realität des Krieges konfrontiert den Kulturmenschen unmissverständlich mit der Tatsache, dass es den Tod gibt und dass er nicht zufällig, sondern notwendig in das Leben tritt, das dadurch »freilich wieder interessant geworden« ist, denn »es hat seinen vollen Inhalt wieder bekommen« (S. 30). Dieser Satz steht in erstaunlicher Nähe zu Thesen des Militärhistorikers Martin van Creveld, der in seinem Standardwerk über den Krieg postuliert, das Töten im Krieg sei die einzige schöpferische Tätigkeit, die den unbegrenzten Einsatz aller menschlichen Fähigkeiten erfordert: »Seit Homer hat sich der Gedanke festgesetzt, daß nur jene, die ihr Leben willentlich, ja voller Freude aufs Spiel setzen, ganz sie selbst, ganz Mensch sein können.«[17]

In einem weiteren Schritt führt Freud den »Urmenschen« an, mit dem er sich bereits ausführlich in seiner Schrift *Totem und Tabu* (1912/13) befasst hatte, um an dieser psychologischen Kunstfigur zu demonstrieren, dass der moderne Kulturmensch – der dem Urmenschen nähersteht, als man für gewöhnlich glaubt, so Freud (S. 38) – unbewusst ein ebenso gebrochenes, ambivalentes Verhältnis zum Tod nahestehender Menschen unterhält wie jener. Diese Ambivalenz rührt daher, dass die nahestehende bzw. geliebte Person einerseits Teil von uns selbst, »innerer Besitz« (S. 41), also gemäß der Logik des Unbewussten unsterblich ist, während sie andererseits zugleich Nicht-Ich, d.h. ein Fremdes oder gar Feindliches ist, das gemäß der Logik des Unbewussten vernichtet werden darf: Im Gleichen – meinem Ebenbild – gibt es das schlechthin Andere. In diesem Kontext erzählt Freud einen charakteristischen Witz nach: Sagt der Ehemann zur Ehefrau: Wenn einer von uns beiden stirbt, übersiedle ich nach Paris. (Ebd.) Hier sind ein starker Bindungswunsch *und zugleich* ein Todeswunsch am Werk. Im Witz, so Freud, dürfe man die Wahrheit sagen. In diesem von der Psychoanalyse aufgedeckten Ambivalenzkonflikt zwischen Bindungswunsch und Todeswunsch, der vor dem hellen Bewusstsein in der Regel peinlichst verborgen werden muss, sieht Freud die schärfste Provokation der kulturell vorherrschenden Einstellung zum Tod.

17 van Creveld, S. 245.

Schließlich lenkt Freud den Blick auf die Bedeutung des kulturell geforderten Tötungsverbots und entlarvt es im Angesicht des Krieges als haltlos. Denn die bloße Existenz des Verbots verweist mit allem Nachdruck bereits darauf, dass es sich gegen einen ebenso starken Impuls richtet, denn gerade »die Betonung des Gebotes: Du sollst nicht töten, macht uns sicher, daß wir von einer unendlich langen Generationsreihe von Mördern abstammen, denen die Mordlust, wie vielleicht noch uns selbst, im Blute lag« (S. 38). Dieser Krieg, so Freuds Resümee, bringt unser konventionelles Verhältnis zum Tod ins Wanken, indem er die mühsam erworbenen »Kulturauflagerungen« verschwinden und »den Urmenschen in uns« wieder hervortreten lässt (S. 43). Entsprechend schließt er den Text mit der Forderung: »*Si vis vitam, para mortem.* Wenn du das Leben aushalten willst, richte dich auf den Tod ein« (S. 44).

Handelt es sich hier tatsächlich um eine »Verherrlichung des Todes« durch Freud, oder zeigt Freud nur das Faktum des Todes, das, trotz aller Beschwichtigung, als solches nicht aus der Welt zu schaffen ist? Das große Thema des Kriegsessays, in Abwandlung eines berühmten Freudschen Buchtitels aus den 1920er Jahren, ist die Zerstörung einer Illusion. Illusionen sind wie Mythen. »Die Art aber, in der der Mensch lernt, seine Mythen zu bändigen, […] ist ein Maßstab für die Beurteilung des menschlichen Fortschritts von seinen primitivsten Anfängen zu dem, was wir Kultur nennen.«[18] An diesem Urteil des Historikers muss Freuds Text gemessen werden.

Im Gesamtzusammenhang seines Werkes markiert Freuds Kriegsschrift einen historischen Wendepunkt. Zwar macht sich auch schon in seinen früheren Arbeiten, etwa in der *Traumdeutung*, in *Totem und Tabu* und in der Neuro-

18 Finley, S. 21f.

sentheorie, das Interesse an individuellen und kollektiven Seelenzuständen geltend, in denen die Kontrolle des Bewusstseins und die zivilisatorisch mühsam angeeignete Regulierung und Modellierung vor allem aggressiver und destruktiver Affekte weitgehend außer Kraft gesetzt sind. Aber erst die bis dahin für unvorstellbar gehaltenen Gewaltexzesse des Krieges veranlassten ihn dazu, grundsätzlich und neu über die Fundamente dessen nachzudenken, was er unter Kultur versteht. In *Zeitgemäßes über Krieg und Tod* nimmt er das erst später formulierte Postulat eines primären Aggressionstriebes und Wiederholungszwangs im Ansatz vorweg und geht zumindest implizit mit den Wunschbildern des liberalen Zeitalters, mit dessen Vorstellungen vom friedlichen Ausgleich konkurrierender und widerstreitender Interessen, vom steten Fortschritt zu einer besseren Welt ins Gericht. Dass die moderne Kulturgesellschaft kein fest gegründetes Unternehmen, sondern eher eine Schönwetterveranstaltung ist, die unter dem Druck anarchischer destruktiver Leidenschaften jederzeit zu explodieren droht, ist für Freud im Angesicht des Krieges nicht mehr zu leugnen. Der Krieg bringt es an den Tag.

Es gibt Stimmen, die Freud sogar eine gewisse Nähe zur Gedankenwelt Carl Schmitts attestieren[19], für den die tödliche Unterscheidung von Freund und Feind konstitutiv für die Dimension des Politischen war. Vielleicht muss man so weit gar nicht gehen. Dennoch tritt in der Kriegsschrift unübersehbar ein Zug an Freud hervor, der sehr weit entfernt ist von dem, was Peter Sloterdijk der Psychoanalyse nachgesagt hat, dass diese mit ihrem »erotologisch halbierten Menschenbild« eine weinerlich-feminine Seite zeige, welche eine männliche Psychologie des Eigenwert-

19 Vgl. Bendersky.

bewusstseins und der Selbstbehauptungskräfte negiere.[20] Thomas Mann, der das Freudsche Werk kannte und, wenn auch nicht unambivalent, schätzte, war nicht bereit, die Härte jener Frage zu akzeptieren, die sich gegen Schluss der Kriegsschrift findet: »Wäre es nicht besser, dem Tode den Platz in der Wirklichkeit und in unseren Gedanken einzuräumen, der ihm gebührt [...]?« (S. 43) In seinem Roman *Der Zauberberg* beschwört er, indem er die Freudsche Formulierung direkt aufgreift und sie modifiziert, den Gegenzauber: »*Der Mensch soll um der Güte und Liebe willen dem Tode keine Herrschaft einräumen über seine Gedanken.*«[21]

Der Briefwechsel mit Albert Einstein

1932, ein halbes Jahr vor der Machtübernahme durch Hitler, schrieb der Physiker Albert Einstein unter dem Datum des 30. Juli einen Brief an Freud, in dem er ihn auf Anregung des Völkerbundes und seines Internationalen Instituts für geistige Zusammenarbeit dazu aufforderte, mit ihm in einen Gedankenaustausch über die Frage einzutreten, ob es einen Weg gebe, die Menschen von der Geißel des Krieges zu befreien.

Der inzwischen 76 Jahre alte krebskranke Freud griff den Vorschlag unverzüglich auf und antwortete Einstein im September 1932. Der Briefwechsel zwischen dem berühmten Physiker und dem berühmten Psychoanalytiker erschien Anfang 1933 unter dem Titel *Warum Krieg?*, *Pourquoi la guerre?* und *Why war?* gleichzeitig in deutscher, französischer und englischer Sprache in Paris.

20 Sloterdijk, S. 34.
21 Mann, S. 704.

Zunächst begründet Freud die Möglichkeit der Herstellung und Bewahrung des Friedens mit dem Argument, dass Gesellschaften von der Gewalt zum Recht übergehen, indem sie die Gewalttätigkeit einzelner Starker mittels des Zusammenschlusses der vielen Schwachen in Grenzen halten. Aber auch der Übergang von der Gewalt zum Recht schafft laut Freud keine dauerhaft friedlichen Zustände, da innerhalb einer größeren rechtsförmig organisierten Gemeinschaft immer wieder neue Machtverhältnisse entstehen, die wiederum zu Interessenkonflikten und neuer Gewalttätigkeit führen. Auch nach außen sehen sich Gemeinschaften immer wieder gezwungen, Konflikte gewaltsam auszutragen, und Freud kommt, nicht zuletzt unter dem Eindruck des noch nicht lange zurückliegenden Weltkriegs, zu dem Schluss, dass der Fortschritt, den die Menschheit erreicht habe, lediglich darin bestehe, dass sie inzwischen permanente Kleinkriege »gegen seltene, aber umsomehr verheerende Grosskriege« eingetauscht hat (S. 59). Aus heutiger Sicht muss dieses Urteil Freuds über das gegenwärtige Zeitalter korrigiert werden: Seit 1945 hat es keine Großkriege mehr gegeben, wohl aber eine große Menge an regional und lokal begrenzten bewaffneten Konflikten aller Art, vom zwischenstaatlichen Krieg bis zum Bürgerkrieg und zum Ethnozid.

Auch die Macht von »Ideen«, wie sie etwa die supranationale Institution des Völkerbundes oder die »bolschewistische Denkungsart« vertreten (S. 61), kann kein Garant eines stabilen Friedens sein, so Freud, es sei »ein Fehler in der Rechnung, wenn man nicht berücksichtigt, dass Recht ursprünglich rohe Gewalt war und noch heute der Stützung durch die Gewalt nicht entbehren kann« (ebd.). Alles in allem, so das Resümee Freuds, stehen die Chancen für eine dauerhaft friedliche Welt schlecht.

Allein von der »mythologischen Trieblehre« der Psychoanalyse (S. 65) sind, wie er dann ausführt, wenigstens »indirekte Wege« (ebd.) zur Lösung des Problems zu erwarten. Zwar lasse sich der nach Ausdruck und Betätigung suchende Aggressionstrieb nicht aus der Welt schaffen. Aber: Wenn man voraussetzt, dass »die Bereitwilligkeit zum Krieg ein Ausfluss des Destruktionstriebs ist, so liegt es nahe, gegen sie den Gegenspieler dieses Triebes, den Eros anzurufen. Alles, was Gefühlsbindungen unter den Menschen herstellt, muss dem Krieg entgegenwirken« (S. 65 f.). Je mehr die Individuen sich also untereinander und miteinander identifizieren können, indem sie »bedeutsame Gemeinsamkeiten« (ebd.) entdecken und diese kultivieren, desto geringer ist die Gefahr aggressiv ausgetragener Konflikte. Vielleicht darf man die Geschichte Europas nach 1945, die schließlich zur »Europäischen Union« mit heute 27 Mitgliedstaaten geführt hat, als gelungenes Beispiel für das sehen, was Freud eine Identifizierung in diesem Sinne nennt.

Als weiteres Mittel der Pazifizierung erörtert er schließlich die Möglichkeit einer Vernunftdiktatur, die dem ähnelt, was Platon einst als Herrschaft von Philosophenkönigen ins Auge gefasst hatte[22]. Der ideale Zustand wäre für ihn »eine Gemeinschaft von Menschen, die ihr Triebleben der Diktatur der Vernunft unterworfen haben«, doch sei das »höchstwahrscheinlich eine utopische Hoffnung« (S. 67) oder, wie Freud an anderer Stelle formuliert, allenfalls eine »Zukunftshoffnung«[23].

»Sie sehen, es kommt nicht viel dabei heraus« (S. 67), lautet der resignative Schluss, den Freud aus all seinen Überlegungen zieht. Und so bleibt ihm am Ende nur die Beteuerung, man müsse quasi »aus organischen Gründen« (S. 68), was immer das bedeutet, Pazifist sein. Der Prozess

22 Vgl. Platon, 473c.
23 Freud, *Neue Folge der Vorlesungen*, S. 185.

der allgemeinen Kulturentwicklung, Freud zufolge eine Art kollektiver Triebdomestizierung der Gattung, die körperliche wie seelische Veränderungen bewirkt, führt schließlich zur »Erstarkung des Intellekts« und zur »Verinnerlichung der Aggressionsneigung« (S. 69). Dieser vom Kulturprozess begünstigten wachsenden »konstitutionelle[n] Intoleranz« (ebd.) gegen Aggression und Gewalt ist der Krieg einfach nicht mehr angemessen, und zwar sowohl in ästhetischer wie in genereller Hinsicht. Krieg ist irgendwann keine Option mehr, denn alles, »was die Kulturentwicklung fördert, arbeitet auch gegen den Krieg« (70). Für Freud beginnt der Prozess der Zivilisierung des Menschengeschlechts mit jener humanen Geste, die er einst bei dem englischen Autor John Hughlings Jackson beschrieben fand: »[...] derjenige, welcher dem Feinde statt des Pfeiles ein Schimpfwort entgegenschleuderte, war der Begründer der Zivilisation.«[24]

Verglichen mit der Kriegsschrift von 1915 muss man *Warum Krieg?* in der analytischen Durchdringung des infrage stehenden Problems eher als Rückschritt bezeichnen. In *Das Unbehagen in der Kultur* (1930) hielt Freud ausdrücklich fest, Kultur sei keineswegs das Kostbarste, das der Mensch besitzen oder erwerben könne, und alle Kulturanstrengungen seien »nicht der Mühe wert«[25], da sie mit zu vielen (Trieb-)Opfern erkauft seien. In *Warum Krieg?* schlägt er sich am Ende gleichwohl auf die Seite der Kultur, wohlwissend, dass die Kultur, die er meint, nur um den Preis des Lebendigen selber zu haben ist. Man kann sich schlechterdings keine Gesellschaft vorstellen, die von Individuen getragen wird, denen man ihre Aggressionsneigungen vollständig ausgetrieben hat.

24 Zit. nach Anz, S. 199.
25 Freud, *Unbehagen*, S. 505.

Nicht wenige Leser sehen in Freuds Sinneswandel deshalb einen Bruch in seinem Denken, denn hier habe er, der doch sonst vom Postulat eines ursprünglichen Aggressionstriebes ausgegangen sei und den gewaltsam ausgetragenen Konfliktfall für wahrscheinlicher gehalten habe als dessen friedliche Beilegung, sich angesichts der vorgestellten Schrecken des Krieges als moralischer Pazifist bekannt, der er doch aber kaum war. Tatsächlich kann man Freuds Antwort auf die Frage *Warum Krieg?* als Ausdruck von »wishful thinking«[26], von reinem Wunschdenken oder als Entwurf eines Bildes von Utopia im wortwörtlichen Sinne sehen – eines Nicht-Ortes.

26 Bendersky, S. 630.

Literaturhinweise

Freud, Sigmund: Die »kulturelle« Sexualmoral und die moderne Nervosität. In: Gesammelte Werke. Frankfurt a.M. 1999. Bd. VII. [Im folgenden zitiert als *GW* mit römischer Bandzählung.] S. 141–167.
– Vergänglichkeit. In: GW X. S. 357–361.
– Das Unbehagen in der Kultur. In: GW XIV. S. 419–506.
– Neue Folge der Vorlesungen zur Einführung in die Psychoanalyse. GW XV.
– / Abraham, Karl: Briefe 1907–1926. Hrsg. von Hilda C. Abraham und Ernst L. Freud. Frankfurt a.M. 1965.
– / Ferenczi, Sándor: Briefwechsel Bd. II/1 (1914–1916) und Bd. II/2 (1917–1919). Hrsg. von Ernst Falzeder und Eva Brabant unter Mitarb. von Patrizia Giampieri-Deutsch unter der wissenschaftlichen Leitung von André Haynal. Wien/Köln/Weimar 1996.

Anz, Thomas: Psychoanalytische Transformationen antiker Emotionstheorien. Zu Sigmund Freuds Kriegsschriften. In: Claudia Benthien /Hartmut Böhme / Inge Stephan (Hrsg.): Freud und die Antike. Göttingen 2011. S. 187–201.
Bendersky, Joseph W.: Schmitt and Freud. Anthropology, Enemies and the State. In: Dietrich Murswiek [u.a.] (Hrsg.): Staat – Souveränität – Verfassung. Festschrift für Helmut Quaritsch zum 70. Geburtstag. Berlin 2000. S. 623–635.
Brunner, José: Psyche und Macht. Freud politisch lesen. Stuttgart 2001.
Creveld, Martin van: Die Zukunft des Krieges. Aus dem Engl. übers. von Klaus Fritz und Norbert Juraschitz. München 1998.

Duerr, Hans Peter: Obszönität und Gewalt. Der Mythos vom Zivilisationsprozeß. Bd. 3. Frankfurt a. M. 1993.

Elias, Norbert: Über den Prozeß der Zivilisation. Soziogenetische und psychogenetische Untersuchungen. Frankfurt a. M. 1976.

Finley, Moses I.: Die Welt des Odysseus. Übers. von Anna-Elisabeth Berve-Glauning, Gabriele Ackermann und Hannelore Kobbe. Frankfurt a. M. / New York 2005.

Gay, Peter: Freud. Eine Biographie für unsere Zeit. Übers. von Joachim Frank. Frankfurt a. M. 1989.

Jones, Ernest: Das Leben und Werk von Sigmund Freud. Übers. von Gertrud Meili-Dworetzki unter Mitarb. von Katherine M. Jones. Bd. 2. Bern/Stuttgart/Wien 1978.

Mann, Thomas: Der Zauberberg. [1925.] Frankfurt a. M. 1954.

Marquard, Odo: Transzendentaler Idealismus, Romantische Naturphilosophie, Psychoanalyse. Köln 1987.

Pinker, Steven: Gewalt. Eine neue Geschichte der Menschheit. Übers. von Sebastian Vogel. Frankfurt a. M. 2011.

Platon: Der Staat. Übers. von Rüdiger Rufener. Düsseldorf/Zürich 2003.

Sloterdijk, Peter: Zorn und Zeit. Frankfurt a. M. 2006.

Turnheim, Michael: Das Andere im Gleichen. Über Trauer, Witz und Politik. Stuttgart 1999.

Inhalt

Anhang